Cousine de personne

Isabelle Gaumont

Cousine de personne

roman

Stanké
QUEBECOR MEDIA

Catalogage avant publication de Bibliothèque et Archives Canada

Gaumont, Isabelle

    Cousine de personne

    ISBN 2-7604-0984-8

    I. Titre.

PS8613.A95C68 2005   C843'.6   C2005-940133-8
PS9613.A95C68 2005

Infographie et mise en pages : Composition Monika, Québec
Maquette de la couverture : Christian Campana
Illustration de la couverture : Manon de Pauw

Les Éditions internationales Alain Stanké remercient le ministère du Patrimoine canadien, le Conseil des arts du Canada, la Société de développement des entreprises culturelles du Québec (SODEC) et le Programme de crédit d'impôt du Gouvernement du Québec du soutien accordé à leur programme de publication.

Les Éditions internationales Alain Stanké   Stanké international, Paris
7, chemin Bates   Tél. : 01.40.26.33.60
Outremont (Québec) H2V 4V7   Téléc. : 01.40.26.33.60
Tél. : (514) 396-5151
Téléc. : (514) 396-0440
editions@stanke.com

Dépôt légal :
1er trimestre 2005

ISBN : 2-7604-0984-8

Diffusion au Canada : Québec-Livres
Diffusion hors Canada : Interforum

Jugée par la souche

— Si t'habitais en banlieue, t'aurais pas ces problèmes-là.

S'il n'était pas mon père, je le frapperais ! Depuis quelques années, je converse beaucoup plus régulièrement avec la plante que je tiens sur mes genoux qu'avec mon géniteur. C'est peut-être parce que mon hibiscus ne me juge que très rarement. C'est peut-être parce que mon hibiscus ne me demande que ce que je suis capable de lui donner. C'est peut-être parce que mon hibiscus me trouve très bien comme je suis. De temps en temps, il me fait même une fleur.

— Si tu touches aux feuilles, tu te laveras les mains après. C'est poison !

Je ne sais ce qui me retient d'en mâchouiller une ! Ma plante est fort probablement en bien meilleure santé que nous. En général, ce sont les êtres humains qui empoisonnent les plantes, pas le contraire. Alors qu'il entame un troisième tour du quadrilatère pour trouver *la* place de stationnement gratuite, en me faisant cadeau de sa protection par automatisme — son but n'est pas de me protéger, mais de prononcer les paroles qu'il croit qu'un père doit dire —, je farfouille dans mes poches et prie pour y dénicher quelques pièces abandonnées.

— J'vais l'payer, le parcomètre! que je m'exclame en brandissant le huard salvateur.

— Ah, O.K... Mais j'me stationne pas ici en dessous de l'arbre, c'est pas bon pour la peinture.

Ce que je donnerais pour tenir un cactus...

* * *

Pourquoi me placer en situation de contact direct avec mon plus proche ancêtre si l'expérience me donne des envies quasi irrépressibles de tambourinage meurtrier et de broyage de verdure? Parce que la semaine dernière, lors de son appel interurbain semi-annuel — à mon anniversaire et à Noël, car «les longues distances, ça coûte cher!»... heureusement —, dans mon empressement à mettre un terme à la conversation pour enfin reprendre le cours de ma vie, j'ai laissé échapper une information cruciale: l'imminence de mon déménagement.

— Il faut que j'te laisse, j'suis dans les boîtes.

Moins l'ennemi en sait, moins il possède d'armes pour l'attaque.

— Tu déménages?

— ... Euh, oui.

Oups! Je souligne avec force que j'ai presque terminé, puisque je ne possède que l'essentiel, que j'ai eu accès à mon nouvel appartement en avance, que depuis une semaine, j'apporte des petites choses en métro, et que j'ai engagé une compagnie pour le transport des gros morceaux. Tout est sous contrôle ! Mon père doute fort de tout ce qui est sous mon contrôle, de tout ce qui n'est pas sous son contrôle à lui. Il contrôle comme seul un homme contrôlé par une insécurité incontrôlable peut contrôler. Il me raconte des histoires d'horreur, qui sont arrivées à d'autres qu'à lui, à des amis de gens qu'il ne connaît pas. Des histoires d'ordinateurs trop brassés, de plantes écrasées et de bibelots volés. Mon amour des objets étant définitivement moins grand que mon aversion pour l'époussetage, je ne suis pas le genre à collectionner les bibelots. Mais il insiste, me prend par les sentiments et joue la carte de la culpabilité.

— J'te vois pas assez souvent.

Comme s'il y avait un quota à respecter. Et moi qui trouve que ses apparitions sont déjà trop fréquentes !

— Je suis en vacances de toute façon. Pis, j'me sentirais utile.

Il aime surtout mettre son nez dans mes affaires, mais ça, il ne l'avouera jamais.

— J't'ai pas vue à ta fête. Un petit « voyage de char »... ce sera ton cadeau.

Par excès de mansuétude, je capitule. Il se sentira mieux après... et moi, je m'en remettrai.

* * *

Mon château est ton taudis

Après avoir réglé le problème du stationnement, problème que je ne connais jamais, moi, heureuse dissidente de la motorisation, nous atteignons l'entrée de mon nouveau «chez nous». Si mon paternel croyait que mon ancien logement était, d'après ses paramètres, un taudis, il n'avait encore rien vu. Notre longue marche vers les ascenseurs est ponctuée de ses commentaires dédaigneux au sujet de la propreté du vestibule, de l'âge des tapis et du danger palpable que représente le quartier. L'immeuble n'est pas neuf, mais mon petit studio est très accueillant et sent la peinture fraîche. De gros bras qui coûtent cher de l'heure y ont déjà apporté mes meubles, et j'ai presque terminé la décoration.

— C'est juste une pièce!?

Je ne suis pas mariée, je n'ai pas d'enfants, pas de chien, surtout pas de chat, et je ne suis même pas grosse. Je ne vois pas pourquoi j'occuperais plus d'espace que nécessaire. Et un petit appartement peu coûteux, c'est la liberté. Je ne suis pas devenue comédienne pour me laisser mourir à petit feu dans un bureau ou un commerce de détail pour compléter mon revenu. Puis, si l'envie me prend de faire une tournée de six mois en Europe, mon chez-moi ne me coûtera pas beaucoup plus cher qu'un entreposage. Trop nombreux sont mes collègues qui oublient leurs principes et le plaisir de jouer pour payer une hypothèque. Je n'ai pas besoin d'accepter des contrats de merde ou de jouer dans des annonces de bière et de Brault & Martineau pour vivre. Seulement, pour les gens comme mon père, vivre, ce n'est pas ça du tout.

— Tu devrais voir la cabane que ta cousine vient de s'acheter.

Ma cousine vit très bien, et heureusement très loin. La comparaison est une constante établie dès notre enfance :

— *Ta cousine finit toujours son assiette, elle.*

Oui, et on voit où ça l'a menée. Elle a grandi plus vite que moi, certes, mais après sa dernière poussée de croissance, c'est sur la largeur qu'elle a pris de l'avance. Une avance que j'espère ne jamais rattraper. Aujourd'hui, elle paie le gros prix pour chaque nouveau régime miracle sur le marché. Sauf ceux qui nécessitent une alimentation saine et un programme d'exercice régulier.

Chose certaine, elle n'oserait plus à présent me bousculer comme elle le faisait lorsque nous étions petites. Lorsque j'étais encore petite et elle, déjà grande. Je n'aurais aucun mal à la maîtriser, car mon physique a enfin rejoint mon intellect. Quant à ma cousine, c'est son intellect qui a rejoint son physique en devenant mou et paresseux.

* * *

La question infanticide

— Pourquoi on te voit pas plus à la tévé ?

Tiens, ça faisait déjà quelques mois qu'il ne me l'avait pas sortie, celle-là. Pour lui, hors du petit écran, une comédienne n'existe pas. J'ai peine à exprimer ce que je ressens lorsque la validation de ma vie, de mes choix, de ma valeur en tant que personne, et de mon talent en tant que comédienne, ne tient qu'au passage régulier de ma face dans son salon *via* l'écran de pixels. Il n'est pas le seul à penser ainsi. La majorité de mes tantes ont la même idée de mon métier et des motivations pour l'exercer. Et lors de remplissages de formulaire, après avoir indiqué mon occupation dans la case prévue à cette fin, il n'est pas rare que la personne à qui je remets le document n'émette un «Ah? Pourtant, j'vous connais pas». Comme si un comédien était moins comédien au théâtre qu'à la télévision. Le contraire est pourtant fréquemment vrai.

Je me souviens qu'un jour, alors que mon père me rendait visite, nous avons croisé une de mes collègues dans la rue, une copine qui joue dans un téléroman.

— On vous voit souvent, vous!

Pas de «Vous êtes une bonne comédienne!» ni même de «On vous aime ben gros à maison!». Mon père n'a trouvé que cette maigre affirmation à expectorer. Il l'a vue, il la connaît, et l'énoncer est un compliment en soi. Pour monsieur et madame Tout-le-monde, hors du vedettariat, point de salut! Pour avoir de la valeur, il faut être connu, et le seul fait d'être connu donne de la valeur. L'ascension dans l'échelle de la popularité rapproche de Dieu.

Je ne me lance plus dans les explications. J'ai bien tenté de lui faire comprendre les joies du théâtre, la liberté, le bonheur de créer quelque chose de nouveau avec un art ancien, mais en vain. J'ai abandonné. Je mentionne alors des éléments tirés des paramètres de mon père pour qu'il me fiche la paix :

— J'ai joué dans un film avec Rémi Girard.

Un petit coup de *name dropping* l'impressionne.

— Tu me l'diras quand ça sortira.

Oui, oui. Sans faute, capitaine ! Je prends bien soin d'oublier de mentionner qu'il ne s'agit que d'un court métrage, que je n'ai aucune scène avec la star et qu'il ne sera projeté que dans le cadre de festivals de cinéma, événements fort improbables dans la ville où réside mon père. Mais ce mensonge par omission m'achètera quelques semaines de paix.

Après vingt minutes, qui m'en parurent deux cents, sa voiture est enfin vidée de mes affaires. Même mes affaires en sont soulagées. Il a faim. Comme je n'ai pas encore rempli mon frigo, nous nous dirigeons vers le petit resto du coin, ce qui, je l'espère, lui redonnera les forces nécessaires pour reprendre la route au plus vite.

* * *

Lorsqu'on maudit un jour, on ne sourit pas

Je ne révèlerais jamais le montant exact de mon revenu annuel à mon père. Mais après une courte visite de mon quartier général, tout mammifère doté ne serait-ce que d'une lueur d'intelligence conclurait que les acariens vivant dans les coussins du divan de Donald Trump gagnent un meilleur salaire que moi. Il est clair que le seuil de la pauvreté est pour moi quelque chose de tangible.

La serveuse de la binerie apporte la facture.

— C'est toi qui paies le souper. Moi, j'ai payé mon gaz pour venir ici.

J'ai dû mal comprendre... Non! Il est sérieux! Il sait parfaitement bien que je me trouve dans une période financièrement creuse. Il sait que pour cette raison, j'ai vendu tout le superflu et transporté le reste à pied ou en métro, évitant ainsi les frais inutiles. Avoir su, j'aurais très bien pu inclure mon ordinateur avec les gros morceaux dont les déménageurs se sont occupés, et laisser mes plantes prendre l'air en faisant une marche de santé de mon ancienne à ma nouvelle demeure. Le montant de la facture n'est qu'une peccadille pour un travailleur à temps plein permanent. Mais pour moi, il n'y a pas seulement la croûte, ici, qui est cassée. Je sors ma carte de crédit en maudissant le jour où j'ai accepté son offre d'*aide*. Lorsqu'on maudit un jour, on ne sourit pas. Il a dû le remarquer.

— T'as jamais de *cash* sur toi. Ç'a pas de bon sens de pas avoir un salaire régulier. Pourquoi t'es pas comptable, comme ta cousine?

Bon! Il me la recrache, celle-là! Il me cherche! C'en est trop! Je me retenais de lui dire ce qui suit depuis bien trop longtemps:

— C'est ça, papa ! Je deviendrai comptable, je stationnerai mon utilitaire géant dans mon immense garage, je fermerai la porte derrière moi et je laisserai mon gros moteur tourner jusqu'à ce que mon petit moteur se noie dans les émanations de monoxyde de carbone. Enfin ! Je serai tellement heureuse !

— ... Tu y vas fort un peu, tu crois pas ?

Ce n'est pas la première fois qu'il trouve à redire au sujet de ma carrière qui, pour lui, n'en est pas une. Je réponds toujours poliment. J'explique patiemment pour la énième fois, à chaque fois, encore une fois... J'ai cru qu'évoquer ma mort créerait une image assez forte pour mettre un terme à ses jugements de valeur. S'il me discrédite de nouveau, j'en conclurai qu'il me préfèrerait morte plutôt qu'artiste.

* * *

Alors que la carrière de Jack Nicholson était encore dans l'œuf, sa mère aurait préféré qu'il devienne comptable. Plusieurs années après, il apprit qu'elle n'était pas sa vraie mère.

* * *

Je ne peux me laisser abattre. Même si mon propre père ne croit pas en moi, je dois continuer. Dans ce métier, la clef de la réussite est la détermination. Bien sûr, à la base, il faut du talent, mais la discipline et le travail assidu assurent la longévité. J'élabore des projets et je les mène à terme. Je persévère. Je fais tout le nécessaire, tout ce qu'il faut faire, comme il se doit. Cela ne peut que fonctionner au mérite.

Dites-moi que les grands rôles m'attendent...

* * *

Père déçu, fille vexée

D'après mon père, toute personne dotée d'une intelligence au-dessus de la moyenne a le devoir de concentrer la totalité de ses énergies et de ses compétences à faire de l'argent, puis à le faire fructifier. Autrement, cette personne insulte ceux qui, comme lui, auraient tout donné en échange de la bosse des affaires ou simplement de la capacité à inventer un système de prédiction des numéros gagnants de la loterie.

Il y a des années que j'ai compris : je suis la plus grande déception de mon père, moi, sa fille unique, celle qui fut toujours la plus douée de sa classe à l'école, celle qui ne consommait aucune drogue, celle qui préférait la lecture à toute activité délinquante ou dispendieuse. Bien que je ne lui aie jamais coûté cher, ce qui pour lui est de la plus haute importance, ma rentabilité déficiente l'a toujours frustré. Pour lui, je suis une marathonienne qui se promène en fauteuil roulant par paresse.

Petite, je ne parlais pas beaucoup, enfin, pas à mon père, pour ne pas le contrarier. Dans les films, les papas sont parfois déçus de ne pas avoir eu un garçon. Dans la vie, le mien est déçu que ses gènes aient mis une artiste au monde. J'ai toujours eu la nette impression de le déranger. C'est peut-être pour cette raison que déjà, enfant, je me réfugiais dans les livres. Si j'avais le malheur d'émerger de la page, il en profitait toujours pour me reprocher quelque chose. Comme la plupart du temps je n'avais rien fait de mal, il en inventait, pour mieux contrôler comme seul un homme contrôlé par une insécurité incontrôlable peut contrôler. Je me souviens d'avoir un jour tenté de me servir un verre d'eau, je devais avoir huit ans. Alors que je m'approchais de l'évier, la voix nasillarde de mon père retentit du salon :

— Aïe ! Un verre d'eau entre les repas ? T'auras plus soif après !

Parfois, un être humain se souvient de façon plus vive et plus détaillée d'un verre d'eau à demi versé à l'âge de huit ans que de sa remise de diplôme à l'adolescence. Tout dépend de la signification, de la lourdeur cachée... ou simplement du degré d'irritation causé.

Aïe ! Un reproche entre des critiques ? T'auras plus de fille après !

*   *   *

L'écoute sélective

J'aimais la lecture parce qu'elle permet l'écoute sélective : prétendre être tellement concentrée sur son livre que l'on n'entend pas lorsque quelqu'un nous adresse la parole. D'habitude, les adultes autour de moi abandonnaient après deux essais :

— Peux-tu venir ici une minute ? Peux-tu... Ah, elle lit.

Mais, pour mon père, la vue d'une délicate enfant plongée dans un livre devait être insoutenable puisqu'il m'envoyait toujours jouer dehors à grands coups de pied au cul. Je n'avais jamais la paix. Je ne faisais jamais ce qu'il fallait.

Pourquoi ne suis-je pas devenue comptable, comme ma cousine ? Pourquoi ? La boussole interne de la première de classe est sûrement détraquée : pour elle, l'art, c'est le Nord ! Comédienne ! Choisir un métier si précaire, alors qu'elle aurait pu se faire trésorière du nirvana et passer sa vie à calculer le bonheur des autres, à convertir leurs croyances en colonnes bien droites, de façon ordonnée, à l'aide de chiffres qui indiquent clairement leur valeur en tant qu'être humain !

* * *

L'agréée désagréable

Je sue à grosses gouttes en faisant mon lit. Mes draps ont dû rétrécir au lavage. Je doute fort que mon matelas ait enflé, je n'héberge pas tant d'acariens que ça. Après avoir rentré de peine et de misère le dernier coin du drap contour, je me redresse pour admirer mon travail, digne de celui d'un soldat... Qu'est-ce que cette chose qui me nargue sur la chaise ? Le couvre-matelas ! J'ai oublié de replacer le couvre-matelas avant de poser le drap contour! Le téléphone sonne. C'est sûrement mon père. La date de mon anniversaire approche et il a le don de toujours téléphoner alors que je viens tout juste de me cogner le gros orteil contre un meuble, ou que la cuvette des toilettes déborde. C'est mystique! Je décroche. C'est bien lui.

— Tu sais pas quoi!

Non, j'ai bien peur de ne pas savoir «quoi». Lorsque mon père s'enthousiasme au téléphone tout en présumant qu'il m'apprendra quelque chose, cela augure habituellement mal. Je sais qu'il s'agira d'un événement pour lequel je ne pourrai simuler l'émerveillement. Mon père et moi n'avons jamais eu la même définition de ce qui mérite une tempête d'adrénaline. La dernière fois que mon père m'a lancé un «Tu sais pas quoi!», c'était pour m'annoncer que sa tourbe avait bien pris. Non pas que je suis insensible à la vue d'une belle pelouse, un gazon en santé vaut mieux qu'un asphalte malade, mais je n'en rêve pas la nuit.

Un de ses précédents «Tu sais pas quoi!» avait à voir avec une tante gratteuse d'un Bingo gagnant. Elle ne s'était enrichie que de 400 dollars, mais elle devenait une preuve vivante qu'il ne faut jamais perdre espoir, une preuve vivante qu'il faut continuer à investir dans Loto-Québec, parce que ça se peut! À une autre occasion, il m'annonça qu'il avait obtenu un rabais chez un concessionnaire de voitures. Bravo ! Je suis certaine que cela n'est arrivé qu'à lui ! Les gratteux et les chars : deux produits que je ne consomme jamais, de peur que ce ne soit eux qui me consomment.

Donc, non, je ne sais pas « quoi ». C'est peut-être parce que je n'ai jamais compris l'importance des « quoi » de mon père qu'on ne s'entendra jamais. Un « quoi » mal interprété peut effriter une relation parentale jusqu'au néant, et nous n'en sommes pas loin. D'ordinaire, même après ses explications, je ne sais toujours pas en quoi consiste son « quoi ». Je suis tellement loin des « quoi » de mon père que le tout demeure souvent nébuleux. Mais je me fais un devoir de poser la question :

— Non. Quoi ?

— Ta cousine va faire partie de *Maison en Folie* !

Je sais très bien ce qu'est *Maison en Folie*, mais, afin de m'acheter quelques secondes pour digérer la nouvelle, je fais semblant que non. La première fois que j'ai entendu parler de cette émission, j'ai cru qu'il s'agissait d'un quelconque concours de jardinage comme « Maison fleurie », mais en plus déluré. Une compétition pendant laquelle des voisins se battent à coups de pivoines. Celui s'étant gossé le plus beau jardin a l'honneur de se voir en photo dans le journal local, serrant la pince d'un maire au sourire crispé. Bien mon intérêt soit au plus bas et mon écœurement près du summum, je suis polie et l'invite à élaborer.

— *Maison en Folie* ?

— Oui ! La nouvelle téléréalité qui commence à l'automne ! Douze jeunes de différents milieux dans une maison. Chaque semaine, y en a un qui se fait éliminer. Celui ou celle qui reste gagne la maison.

— Différents milieux ?... Comme un *squeegee* avec un fils de P.D.G. ?

... ou une artiste avec une comptable ?

— Non... J'sais pas... différents milieux... ou régions... Ça a pas d'importance ! C'est peut-être juste du monde qui pense pas pareil. Ce qui compte, c'est que ça passe à la télé.

— Mais pourquoi ma cousine veut gagner une maison ? Elle en a pas déjà une ?

Il me confirme que je n'ai rien compris :

— T'as rien compris ! C'est pas ça ! C'est pour se faire connaître.

— Se faire connaître en tant que quoi ? Comptable ?

Il soupire.

— Tu pourrais pas juste être contente pour ta cousine ?

J'imagine que je pourrais, si je faisais semblant. Après tout, je suis comédienne.

* * *

Femme comblée... vide ?

Pourquoi ma cousine désire-t-elle faire de la téléréalité ? Selon les barèmes de mon père, elle est pourtant heureuse : une belle maison, la voiture de l'année, un fiancé médecin et un métier respectable. Elle se couche et se lève presque tous les jours à la même heure, se prépare de bons petits goûters qu'elle place dans de beaux petits Tupperware, de vrais Tupperware, ceux qui coûtent cher, pas des copies de chez Dollarama. Elle se sert de ses talents de comptable pour compter les calories. Elle lave à grande eau son véhicule utilitaire sport tous les dimanches, même en temps de sécheresse, après avoir rincé à grande eau son entrée de garage en pavé uni, même en temps de sécheresse, et arrosé à grande eau son gazon d'un vert chimique, même en temps de sécheresse. Grande eau, grandes dépenses. La petitesse de la grande vie. Bref, ma cousine est le portrait type de la normalité, de la respectabilité, du bon sens à la nord-américaine, du solide et du tangible, qui, pour mon père, sont les pierres angulaires du bonheur.

Ne faut-il pourtant pas une certaine dose de désespoir pour s'inscrire à ce genre de truc télévisuel ? Que lui manque-t-il ? Que va-t-elle chercher ? Peut-être n'est-elle pas si heureuse... Car, si elle était véritablement la reine du vrai, pourquoi s'engagerait-elle comme valet de la *réalité* ? Ma cousine serait-elle naïve au point de croire que cette expérience changera sa vie de façon

positive ? La téléréalité : une quête spirituelle ?
Son Graal ? Laissez-moi douter de la pureté
absolue de son cœur. Ah, si mon père m'enten-
dait... il n'y comprendrait rien !

*   *   *

Ça se mâche tout seul !

J'ignore pourquoi on appelle ce triste produit
« téléréalité ». Cela n'a rien à voir avec la réalité, et
je ne suis même pas certaine qu'il s'agisse de télé.
Cela n'est qu'une version télévisuelle d'une version de la réalité, une version d'une version.
Apparemment, la version télévisuelle de la réalité
se doit d'être vulgaire. On y parle mal, on y sacre,
mais surtout on y parle de cul, on s'y poigne le cul,
on y envie le cul de l'autre et on y focalise la vie
sur le cul. On ne se hasarde guère plus haut.

Un bon épisode de *Jeopardy* ! Voilà la réalité
dont j'ai besoin. On y utilise des organes de plus
haut niveau. Montrer une réalité dans laquelle tous
sont intelligents, une réalité qui encourage, motive
et déniaise. Non pas une réalité dans laquelle des
individus plus ineptes que la moyenne sont pré-
sentés comme de dignes spécimens de ladite
moyenne, laissant croire à monsieur et madame
Tout-le-monde qu'ils ne sont pas si mal que ça,
après tout. Monsieur et madame Tout-le-monde
n'ont plus à faire d'efforts, car si plus con que soi
réussit à passer à la télé, à être écouté et récom-
pensé, tout est possible.

Je suis d'avis que si on ne présente au public que des produits prémâchés, au contenu bête et peu original, il s'abrutira. Si, au contraire, on offre un produit qui commande l'utilisation des petites cellules grises, comme disait Hercule Poirot, un produit de qualité, le public suivra, dithyrambique. Tout être humain normalement constitué déborde de fierté lorsque ses facultés intellectuelles sont sollicitées.

*   *   *

Jour 1 de Cousinocratie

Publicité télévisée pour *Maison en Folie*

Annonceur:

— *Six gars! Six filles!*

Série de photos des participants sur une musique rythmée.

Annonceur:

— *Une maison!*

Panoramique de la maison.

Annonceur:

— *Douze semaines pour la mériter!*

Un jeune homme et une jeune femme jettent un autre participant dans une piscine.

Coupe à :

Une jeune femme portant une chemise blanche danse debout sur une table et s'apprête à s'asperger à l'aide d'une bouteille d'eau.

Coupe à :

Un jeune homme, l'air fâché, crache par terre.

Annonceur :

— *Pour qui voterez-vous ?* Maison en Folie ! *Très bientôt sur les ondes de...*

* * *

Cellules paresseuses

Tous les soirs de la semaine pendant l'émission *Jeopardy*, au retour de la première pause commerciale, l'animateur Alex Trebek converse avec les trois participants du jour. Bien qu'intelligents, ils ne réussissent que très rarement à se rendre intéressants en révélant de «croustillants» détails de leur vie privée, en racontant la fois où ils ont eu l'air le plus fou, ou d'autres événements tout aussi triviaux. Croyant captiver l'auditoire par personne interposée, tous ceux qui ont eu l'honneur un jour de frôler une célébrité choisissent de partager cette anecdote plutôt que toute autre. Comme cette participante de ce soir, encore excitée d'avoir croisé Eric Clapton en 1990 dans un restaurant de *fish and chips*. Il est triste qu'elle semble croire que le nombre de degrés de séparation entre elle et une personne connue détermine sa valeur, elle qui a un savoir si étendu ! Peu m'importe ! Je veux seulement essayer de répondre aux questions avec elle. Je veux jouer, apprendre, pousser mes limites. Jouer dans ma tête, pas dans celle des autres.

Je profite alors de ces courts entretiens pour jeter un œil sur les autres canaux de télévision. C'est ainsi que j'ai vu l'annonce de la venue prochaine de *Maison en Folie*. On tente déjà d'attiser l'intérêt du consommateur un mois avant le début de l'émission ! La façon dont le tout est produit et emballé me met franchement mal à l'aise. Peut-être suis-je vieux jeu... peut-être pas.

On appelle les jeunes participants « gars » et « filles », alors qu'ils sont tous des adultes. Pourquoi ne pas les appeler « hommes » et « femmes » ? Pour fouetter, chez le public québécois, un désir inassouvi d'adoption d'enfants démunis ?

La maison tant convoitée ressemble à toutes les maisons de Laval, mirage palpable parce qu'il est plus aisé de rêver de l'ordinaire. Et qui se la méritera ? Et comment ? Il est difficile de s'imaginer de quelle façon le proverbe « Toute peine mérite salaire » s'appliquera ici.

Mon seul soulagement est de constater que ma cousine semble préférer jeter un pauvre type à l'eau plutôt que de s'asperger en dansant pour lui. J'espère que la jeune femme qui l'a fait n'aspirait pas à de grandes choses dans la vie. À moins qu'elle ne découvre ultérieurement un remède contre le cancer, ses accomplissements les plus profondément gravés dans la mémoire collective seront de nature pornographique. J'imagine la complexité de devenir politicien, avocat ou professeur après que la population entière vous a vue en habit d'Ève au petit écran, sans le prétexte de se mettre dans la peau d'un personnage. Même une simple participation à cette « étude de mœurs » doit certainement restreindre les options futures. Devenir psychologue après avoir servi de rat de laboratoire ? Bonjour, crédibilité !

*   *   *

Trente fois, passera

Mon contenant de sauce à spaghetti maison explose dans mon four à micro-ondes. Le téléphone sonne... C'est mon père ! Pas de « Bonjour ! », pas de « Comment vas-tu ? », qu'une simple et abrupte entrée dans le vif du sujet avec une fierté non contenue :

— As-tu vu l'annonce de ta cousine ?

Je doute fort que l'annonce « n'appartienne » qu'à ma cousine. Aux dernières nouvelles, il y aurait toujours onze autres perdants dans cette aventure. Et je doute qu'un seul sou du budget de production ne provienne du porte-monnaie de ma cousine. Mais plutôt que de me lancer dans une étude approfondie de la pensée de mon père, je choisis de feindre l'ignorance pour m'abriter derrière une neutralité factice. Je voudrais être la Suisse.

— Je l'ai pas vue, non.

Il est déçu. Il me décrit avec fougue une publicité tout autre que celle que j'ai visionnée. Entendons-nous : il s'agit bel et bien de la même. Seulement, il ne l'a pas du tout perçue de la même façon que moi. Puis, il se veut rassurant :

— ... en tout cas, elle va sûrement repasser.

Ah, ça ! Pour repasser, elle repasse ! Au moins huit fois l'heure ! Mon père s'inquiète pour rien. Ce qui serait difficile, c'est de la manquer. Mais je triomphe ! Ma stratégie est la bonne. Je n'ai fait aucun commentaire, émis aucune opinion, pété aucune de ses bulles. Je ne l'ai pas embêté avec mes opinions hors normes, et ma maigre récompense est un nombre moins grand de reproches.

Avant de raccrocher, mon paternel ne m'a même pas demandé à quoi je travaille actuellement. Moi non plus. Sauf que lui se fiche éperdument de mon déficit de curiosité à son égard. Il ne vit maintenant qu'à travers ma cousine.

* * *

Sainte cousine, priez pour nous !

Pas que je croie mes occupations quotidiennes plus fascinantes que celles de la moyenne des gens. Bien que... Pas que je veuille compétitionner avec ma cousine, mais j'aimerais tant que mes proches — pourquoi parler de « proches » quand ils sont souvent si loin de soi ? — me démontrent ne serait-ce qu'un dixième de l'enthousiasme, de la fierté et de l'intérêt qu'ils portent à ma cousine.

On a beau se jeter très tôt en bas du nid familial, aussitôt qu'on y remet la pointe d'un orteil, en un éclair, un seul mot d'un parent, du moindre consanguin, replonge tout héritier dans son mode de comportement du premier âge. Une seule remarque, et je me retrouve dans la peau de cette enfant maigrichonne, cette petite intello à lunettes, incomprise et rejetée de tous.

Les bons enfants, ceux qui choisissent le droit chemin, le chemin le plus noble mais le plus difficile, sont trop rarement reconnus. On m'a pourtant toujours répété que les efforts sont invariablement récompensés. L'Univers serait-il en retard dans sa distribution ? Ne reçois-je rien parce que je m'attends à quelque chose ? Non, on n'allège jamais la tâche des bons enfants. On n'aide que ceux qui ne s'aideront jamais eux-mêmes. Toute l'attention est portée au cancre, celui qui fait les plus grosses conneries, qui réussit à se poigner le plus le cul sans se le faire saigner, ou qui trouve le truc pour paraître doué — sans jamais réellement le devenir — plus vite que celui qui est véritablement doué.

À l'école secondaire où j'étudiais, le fils du maire, qui, chaque semaine, détruisait sa décapotable en rentrant trop soûl d'un bar où il dilapidait la totalité de son argent de poche, une somme géante, recevait plus de « coopération » qu'un pays du tiers-monde. Sa voisine, dont la case était une pharmacie, donnait une raison de vivre à trois travailleuses sociales. C'est donc dans ce monde de cancres superficiels que je pataugeais, tentant de ne pas me noyer et, surtout, de ne pas en avaler une tasse. Aujourd'hui encore, ça continue...

C'est peut-être sur ce même principe que fonctionne la téléréalité : on se penche sur le sort des cancres. Les autres peuvent se débrouiller tout seuls. Comme les intervenants de l'école, les téléspectateurs veulent voir seulement des perdants qu'ils tentent de sauver.

Suis-je jalouse de ma sainte cousine ? Dit comme cela, on croirait que oui. Mais je ne suis certainement pas envieuse de ce qu'elle fait. Je ne suis qu'un tantinet avide de l'amour et du respect dont notre famille lui fait cadeau. Je ne suis pourtant pas jalouse de nature. C'est ma famille qui fait bouillonner cette saleté en moi. Mes consanguins m'enlaidissent, encore plus que si j'avais hérité du gros nez de mon grand-père. J'aurais peut-être même préféré cela, tiens. Un nez, ça s'opère. Ça se corrige. Y a-t-il un chirurgien de l'âme qui pourrait m'aider ?... À quoi bon ? Je ne saurais même pas lui indiquer l'endroit exact de cette masse hideuse qui grossit et s'enflamme au contact d'individus de mon propre sang. Cette tumeur occupera-t-elle un jour chaque cellule de mon corps ? Je ne serai plus alors qu'un énorme abcès.

Comment expliquer ce besoin hurlant qu'ils m'acceptent... donc, qu'ils m'aiment ? Comme on dit en « psycho-pop », je dois lâcher prise.

* * *

Le succès n'est pas donné

(Voilà qui sonne comme le chapitre d'un livre de « psycho-pop »)

Si je ne saute pas immédiatement dans un taxi, la pluie fera frisotter mes cheveux. Je ne peux me permettre d'auditionner pour un premier rôle dans un long métrage avec une tête en cul de singe. Je n'aime pas passer des heures devant le miroir, et la coiffure est loin d'être mon sport favori. Personnellement, j'ai l'habitude de laisser mes longs cheveux flotter librement sans me soucier des intempéries. Mais, le personnage que je dois tenter d'incarner est tout autre. Aujourd'hui, j'ai dû faire de grands efforts. Mon chignon est parfait. Mon tailleur est parfait. Quant à mon maquillage, il est parfait — les maquillages *naturels* sont les plus compliqués à appliquer parce que remplis d'artifice. Rien ne doit bouger. Rien ne doit se froisser. Je ne dois surtout pas transpirer. Taxi !

Le chauffeur croit sûrement que je suis une avocate en route vers un rendez-vous important. Pauvre monsieur ! Il n'aura droit qu'à un pourboire d'actrice. Mais, paraît-il, les plus gros pourboires ne sont pas nécessairement attribués par les gens les plus fortunés... Peut-être faut-il soi-même crever de faim pour apprécier la valeur d'un service ou la modicité d'un salaire de base.

Je me laisse conduire et profite du moment pour réviser le texte une dernière fois. Deux scènes assez exigeantes, mais j'ai bien travaillé. J'ai même engagé un *coach* pour m'aider à préparer mon audition. Je suis prête... Et je suis arrivée.

L'assistante de l'agent de *casting* a un drôle d'air. Je suis un peu en avance et j'ai l'occasion de voir d'autres comédiennes entrer et sortir de la salle. La procédure semble très expéditive. Le comédien qui donne la réplique n'a même pas le temps de faire une italienne — répéter le texte uniquement, sans intonations, et rapidement — avec les comédiennes avant leur entrée dans la salle d'audition, ce qui est pourtant coutume chez cet agent.

C'est à mon tour. Mon Dieu, ils sont à l'heure ! D'habitude, on est heureux de n'avoir attendu qu'une demi-heure, et la moitié des comédiens sont aussi inquiets et nerveux au sujet de l'expiration de leur parcomètre que de leur audition. En prenant de mes mains la photo que je lui tends, l'agent me regarde à peine et semble préoccupé. Le réalisateur est absent. C'est mauvais signe. Pourquoi serait-il ailleurs lors du processus de distribution d'un rôle si important ? Est-il trop pressé par le temps ? Devait-il terminer le repérage ou peaufiner le scénario ? N'empêche que son absence m'inquiète. N'aime-t-il pas les comédiens ? Travailler avec quelqu'un qui accorde plus d'importance à des lentilles ou à des projecteurs place le cœur d'un comédien dans un étau qui se referme de plus en plus, chaque jour de tournage. Mais étant donné la rareté des projets dramatiques, puis-je vraiment me permettre de faire la difficile ?

Je suis nerveuse, mais rien d'incontrôlable. J'ai fait tout ce qui était en mon pouvoir pour être prête. Je me lance. Ça va. Je réussis même à avoir du plaisir. On ne me donne aucune indication entre les deux scènes. Je demande si je peux m'asseoir sur la chaise pendant la deuxième scène. On me répond « oui ». Je joue la scène. On me dit « merci ». Je dis « merci » à l'agent de *casting*, au caméraman et au comédien qui donne la réplique. Bonne journée ! Exceptionnellement, pas de deuxième prise, pas d'occasion de montrer sa polyvalence. J'ai la vague impression d'avoir perdu mon temps... peut-être pas si vague.

La pluie a cessé. Une comédienne que je connais fume une cigarette dehors :

— Pis ? Comment ça a été ?

— Court. Ils ont l'air pressés.

— C'est pas ça. On est venues pour rien. Une de mes amies connaît quelqu'un qui lui a dit que le rôle avait déjà été distribué... à elle. Dit-elle en la pointant du doigt sur une immense affiche de cinéma qui fait presque toute la hauteur de l'immeuble de vingt étages.

— À elle ?

— Oui, madame !

Elle ! Une comédienne qui pourrait fournir la bibliothèque d'Alexandrie en appuis-livres grâce à ses innombrables trophées remportés aux galas des prix Gémeaux ou Métrostar. Une vedette ! Une machine à faire de l'argent ! Je me tue à apprendre huit pages par cœur, j'analyse le texte, j'engage un *coach* à cinquante dollars l'heure, je gaspille une paire de bas nylon neufs, je perds un temps précieux à me pomponner, je me paye un taxi... et les photos de *casting* coûtent cher. Je ne les distribue pas pour qu'on se torche avec. Tous ces efforts, et on avait déjà promis le rôle ? Pourquoi ne pas me prier de rester chez moi ? Les négociations de salaire avec la star ne se déroulent pas assez rondement ? On fait auditionner d'autres comédiennes pour se protéger en cas d'impasse ? Les pauvres bouche-trous comme moi sont des coussins sur lesquels distributeurs et producteurs pourront poser leur gros cul en cas de chute ? Et pourquoi me faire auditionner pour le même rôle qu'ELLE ? Nous n'avons pas du tout le même type. Je lui ressemble autant que Gandhi ressemble à George Bush. A-t-on affaire à un agent de *casting* dyslexique ? Auditionne-t-on pour un rôle déjà attribué afin de justifier le salaire de quelqu'un ?

... Je respire. Je me calme. La fumée cesse tranquillement de me sortir par les oreilles. On n'aurait pas fait perdre son temps au caméraman, à la réceptionniste et au comédien qui donne la réplique, si tout était déjà coulé dans le béton. On n'aurait pas dépensé tout cet argent. Il n'est pas très sage de m'emporter pour un ouï-dire. Quel peut être le taux d'exactitude des informations recueillies par l'ami d'un ami d'une connaissance ? Je ne peux m'y fier. Si je tombe dans le défaitisme et me conditionne à croire que tout est perdu d'avance, je ferais mieux d'abandonner immédiatement. Et, dans le pire des scénarios, il est préférable de persister à croire que même si une autre comédienne a été approchée, il ne me serait pas impossible d'être moi aussi de celles qui éblouissent par leur talent au point de faire changer d'avis les plus bornés. Allez ! Un peu de confiance !

... Je respire. Je me calme. Je marche dans mes chaussures du dimanche jusqu'à l'arrêt d'autobus tout en me remémorant les paroles d'un des plus importants agents de *casting* de Montréal :

— Tu sais, moi aussi je travaille à contrat, comme toi.

Voilà pourquoi je ne leur en veux pas trop, au fond. Au cinéma, ce n'est pas l'agent de *casting* qui décide, ce n'est pas le réalisateur, ce n'est même plus le producteur, c'est le distributeur. Et s'il a faim de visages connus, l'agent de *casting* doit lui en présenter une brochette. Les distributeurs sont les maîtres du jeu d'acteur, et Dieu sait qu'ils sont reconnus pour leur sens artistique !

Même moi, en tant que consommatrice, je sais que si Robert De Niro est dans un film, j'ai envie d'aller le voir. Puis-je vraiment leur en vouloir ?

Au cinéma, c'est donc le distributeur qui décide ; à la télé, c'est le diffuseur.

Les agents de *casting*, eux, suggèrent. Ils ne nous feraient jamais sciemment venir pour rien, non ? Un délai avant la signature du contrat de la star n'est peut-être qu'une occasion pour un agent de faire avaler aux puissants décideurs quelques inconnus, à la petite cuillère, pour dessert... au cas où.

Je me souviens pourtant de nombreux longs métrages — dont j'aurai la charité de taire les noms — bourrés de vedettes — dont j'aurai la charité de taire les noms — qui furent des flops monumentaux. Les distributeurs — dont j'aurai la charité de taire les noms — auraient-ils la mémoire courte ?

*　*　*

Les andouillettes du *showbiz*

Je ne dois pas me laisser influencer par le défaitisme aigu de ma collègue. Le métier est déjà assez difficile comme ça. Les comédiennes comme moi tentent leur chance *contre* des gens connus, plus sûrs d'eux-mêmes, moins apeurés, et possédant beaucoup plus d'expérience dans des premiers rôles. Les comédiens connus sont plus aptes à se concentrer sur le travail à accomplir en audition, parce qu'ils se sentent déjà appréciés, estimés, respectés. Ils ont déjà travaillé avec — ou du moins croisé — les producteurs et les réalisateurs. Ils sont en terrain de connaissance. Se sentant chez eux, ils éprouvent certainement un peu moins de nervosité et sont plus à l'écoute des directives. Ils ont donc de plus fortes chances d'être bons, d'être les bons, et d'être choisis pour vendre le *produit* et aller chercher des cotes d'écoute.

Si, par malheur, lors de l'audition, la performance de la vedette n'est pas parfaite, les décideurs mettront cette faiblesse sur le compte de la

nervosité ou d'un horaire chargé, et ils ne la raye-
ront pas de la liste. Même si la vedette est un peu
moins nerveuse, elle a le droit de l'être, elle. Cela
prouve son grand professionnalisme, et que le
projet lui tient à cœur. La vedette a le droit, elle, de
souffrir du syndrome de l'imposteur. C'est même
tout à fait charmant ! Infectés par la même peste,
les comédiens moins connus doivent mieux se
contrôler pour éviter de se faire dire que s'ils ne
peuvent affronter la pression en faisant abstraction
totale de leur trac, c'est peut-être qu'ils ne sont pas
prêts, et qu'ils font effectivement partie de la race
des imposteurs. L'inconnu doit prouver qu'il est
celui qui convient le mieux au rôle, et plus encore,
qu'il a sa place dans l'industrie. Il doit alors travailler d'arrache-pied.... Mais ça, c'est quand
l'acteur inconnu du grand public a la chance d'auditionner, point. La plupart des agents de *casting*
sont plutôt ouverts, mais pour toutes sortes de raisons, il n'est pas rare que l'on ne veuille même pas
voir un *sans nom* une seule minute. Pourtant,
comme les produits alimentaires sans marque, ils
sont aussi bons et coûtent moins cher.

Plus on est connu, plus on travaille. Plus on
travaille, plus on est connu. C'est le même principe que pour la saucisse : plus on aime ça, plus on
en mange. Plus on en mange, plus on aime ça. Un
cercle particulièrement vicieux pour un nouveau
visage comme moi. Un nouveau visage sur une
tête d'expérience, entendons-nous. J'ai travaillé,
j'ai appris, j'ai roulé ma bosse. Logiquement, je

mériterais d'être savourée, mais j'ai le malheur de ne pas être une saucisse.

* * *

Dis-moi qui tu aimes et je te dirai qui tu es

J'ai déjà eu l'intense joie de faire partie d'un *focus group* pour choisir le nouveau slogan d'une grande compagnie. Plusieurs participants, huit sur dix en fait, moi incluse, ont profité de l'événement pour pointer du doigt l'inefficacité de leur service à la clientèle. Mais puisque là n'était pas le sujet principal de la rencontre, ils n'en ont aucunement tenu compte. On ignorait notre véritable opinion pour constamment nous ramener à des slogans stupides. Nous leur répétions qu'aucun de ceux-ci n'étaient intéressants tout en ayant la générosité d'en proposer d'autres. Peine perdue. On nous a forcés à choisir le slogan le moins irritant parmi les cinq initiaux. Dans les *focus groups*, c'est la compagnie qui détermine le focus, pas le groupe.

En cinéma, les distributeurs font également des *focus groups*, pour déterminer qui seront leurs prochaines têtes d'affiche. Si le principe est le même que dans les grandes entreprises, ce n'est que parmi cinq noms connus qu'on force les participants à choisir. C'est en vain qu'ils exprimeront une ouverture à de nouveaux visages, un nouveau souffle. Un participant a beau être libre de plonger sa main dans n'importe quel recoin d'un chapeau, si une présélection du contenu dudit chapeau a été effectuée, il ne pourra rien piger de neuf. Oui, le public a la liberté de choisir... parmi cinq noms. C'est ce que j'appelle une liberté restreinte.

Cela me fait penser aux études cliniques pour tester de nouveaux médicaments. Il a déjà été prouvé que quelques compagnies pharmaceutiques n'avaient conservé que les résultats positifs pour pouvoir lancer un produit au plus vite. Tout pour faire de l'argent. Heureusement, une indigestion de vedettes n'a jamais tué personne.

*   *   *

Flatteries mutuelles

La vedette a toujours raison. On ne jure que par elle. Une nouvelle mode en publicité pour faire mousser les ventes des spectacles à l'affiche me fait horreur. Pour monter un message publicitaire télévisé convaincant, des spectateurs sont interrogés à leur sortie de la salle de spectacle. Mais pas n'importe lesquels. Ce sont des vedettes qui viennent d'assister au spectacle d'une autre vedette. On ne montre presque plus jamais les réactions du vrai monde. On ne peut laisser le vrai monde dire au vrai monde quoi penser !

Qui de mieux pour vanter les mérites d'une vedette que ses compétitrices qui n'ont même pas eu à payer leurs billets pour assister à la première médiatique et qui seraient bien embarrassées d'avouer qu'elles n'ont pas aimé ça ! Elles se voient dans l'obligation de montrer de l'enthousiasme pour que leur dégoût ne soit pas lu comme de la jalousie. Jamais elles n'avoueront avoir détesté, de peur qu'on ne leur rende la pareille lors de l'enregistrement du matériel promotionnel à la sortie de leur propre spectacle. L'harmonie doit régner dans le *showbiz.*

Manifestement, seules l'opinion et la présence des vedettes comptent. Si une vedette est présente et que le feu prend, votre vie a beaucoup moins d'importance. Et laissez donc tomber votre petit dernier, Fido ou votre perruche. Sauvez la vedette ! La vedette détient la clef de tout.

(Sur un air connu) « Quand la vedette va, tout va. Quand la vedette va, tout va. Quand la vedette va, quand la vedette va, quand la vedette va, tout va. »

* * *

Elle II : *The Revenge*

Le film avec « elle », la vedette sur l'affiche haute de vingt étages, le film pour lequel j'ai auditionné, vient de sortir — oui, c'est bien elle qui a décroché le rôle. Un rôle qui ne lui va pas du tout. — Elle n'a pourtant pas l'habitude d'être si mauvaise, mais juste pour me narguer, elle nous fait ici cadeau de sa pire performance à vie. De plus, elle ne ressemble en rien aux autres acteurs qui jouent les membres de sa famille, ne parle pas avec le même accent, ne semble même pas être originaire de la même planète. Ce rôle n'était pas pour elle, c'est tout. Il était pour moi. J'aurais été cent fois meilleure. Et je serais moins agacée si on avait donné le rôle à quelqu'un de cinquante fois meilleur qu'elle. C'est un minimum.

Mon père, lui, l'a trouvée formidable. Elle est une vedette. Elle éternue, il la trouve formidable. Elle est elle, après tout. Où je vois du mauvais, il ne voit que du bon. Et vice versa... sauf que j'ai raison. Mais moi, je ne suis pas elle. Alors, qui me croira? Je ne suis même pas une saucisse.

* * *

Une autogérée avec ça?

On est venu me chercher. Un metteur en scène a lu une pièce de théâtre, et c'est moi qu'il a imaginée dans l'un des rôles. Il m'a sélectionnée parmi les milliers d'actrices qui meublent sa mémoire. Quel bonheur d'être choisie! Pas d'audition, pas de faux espoirs, pas de questionnements laborieux: que veut-on? Suis-je assez? Suis-je trop? Non! Je suis parfaite. Autrement, on en aurait élu une autre.

Une fois la poussière de la jubilation initiale dissipée, l'élaboration du projet s'amorce. Une pièce autogérée est synonyme de liberté, de plaisir, de dur labeur et, bien souvent, d'endettement. Mais le jeu en vaut la chandelle.

* * *

Un de mes collègues, un autre des élus du metteur en scène de l'autogérée, est particulièrement heureux de se sentir ainsi désiré, car il vient tout juste d'apprendre une nouvelle crève-cœur : un rôle au cinéma, un rôle fait sur mesure pour lui, pour lequel il a auditionné à deux reprises — il avait donc d'excellentes chances de le décrocher —, vient d'être attribué à quelqu'un d'autre, et pas à n'importe qui. À un ancien « téléréaliteux » qui gagne déjà très bien sa vie comme animateur. Après avoir volé le gagne-pain d'un animateur qualifié, ce quelqu'un d'autre prend la place d'un comédien chevronné, tel un plongeur dyslexique arrachant le siège d'un contrôleur aérien. Les gens qui savent exécuter plusieurs choses avec brio existent, mais ils sont rares, et malheureusement — pour lui et pour nous tous — le « téléréaliteux » en question n'est pas de ceux-là. Il n'est tout simplement pas à sa place dans une dramatique. Mon collègue lui est supérieur, mais on préfère avoir un visage connu qui joue comme un chameau toxicomane plutôt qu'un vrai comédien qui ne fera pas nécessairement grimper l'audimat de façon fulgurante dès la première émission d'une série. On ne semble pas intéressé par quelqu'un qui pourrait contribuer à bâtir un succès à long terme, au mérite. Impensable ! Un risque titanesque ! Et si on perdait des sous ? Comme si une vedette comportait une garantie de satisfaction, comme une poupée Barbie, une tondeuse, ou un chaudron.

On prend les spectateurs pour un troupeau de tartes. Comme s'il suffisait de faire danser devant leurs yeux un bouffon dont ils reconnaissent déjà les traits pour qu'ils y voient un synonyme de qualité. Ce n'est pas parce que la majorité est silencieuse qu'elle n'y voit que du feu. Il n'y a pas que les comédiens pour reconnaître un mauvais comédien. N'importe quel profane possédant un cœur et un cerveau est capable de mesurer le degré d'émotion qu'on lui fait vivre. Seulement, ce n'est pas donné à tout le monde d'avoir suffisamment de temps libre pour rédiger des lettres de plainte aux propagateurs.

Peut-être suis-je trop dure. Peut-être ai-je le nez trop collé sur le milieu pour juger adéquatement. Peut-être le «téléréaliteux» me surprendra-t-il. Peut-être a-t-il pris des cours d'interprétation depuis la dernière et la première fois qu'il osa s'aventurer dans le jeu... dans un rôle principal! Peut-être... Je le souhaite, pour mon collègue, pour moi, pour nous tous. Car la perte de quelque chose est toujours plus facile à avaler si cela tombe dans les mains de plus grand que soi.

*   *   *

Qui suis-je pour juger? Peut-on réellement juger? Est-ce que tout cela n'est pas qu'une question de goût? Tous les goûts sont-ils vraiment dans la nature? Est-ce bien naturel de juger? J'ai d'ailleurs toujours trouvé bizarre l'existence d'un prix d'interprétation. Comment honnêtement juger le travail d'un comédien? Le jeu n'est pas tangible. Cela ne se calcule pas comme le nombre de mètres franchis par un athlète, l'étendue des notes atteintes par un chanteur ou la souplesse d'un danseur. Le personnage à l'écran est-il crédible? Oublie-t-on l'interprète? Là sont les questions. Les questions sur lesquelles devront s'appesantir un jour les décideurs de l'industrie.

* * *

Jour 21 de Cousinocratie

Publicité télévisée

Voix de l'annonceur :

— *Les auditions de* Maison en Folie.

Un jeune homme fausse une chanson pop en se dandinant douteusement, une danse qui se veut lascive.

Coupe à :

Une jeune femme habillée en écolière (jupe courte à carreaux, chemise blanche nouée au-dessus du nombril, bas blancs, souliers vernis, lulus) récite avec très peu de naturel un poème de son cru.

— *Je m'appelle Julie, je viens de Laval. Prenez-moi, je suis spéciale.*

Coupe à :

Une jeune femme en bikini lamé or jongle avec des vibrateurs.

Voix de l'annonceur :

— *Les auditions de* Maison en Folie. *Jusqu'où iront-ils pour être choisis ?*

* * *

Excellente question, monsieur l'annonceur ! Jusqu'où ma cousine est-elle allée pour être choisie ? Je m'attends au pire. Qu'elle ait été choisie est tout ce que je sais pour l'instant. Elle ne devait pas le révéler à qui que ce soit avant la diffusion du premier épisode, mais elle en a été incapable. Puisqu'on isole les participants pendant plusieurs semaines après leur « repêchage », il fallait bien qu'elle appelle sa maman pour lui demander d'aller nourrir son chat et arroser ses plantes. Sa maman, ma tante, a la langue si bien pendue qu'elle pourrait s'en faire une écharpe. La nouvelle s'est donc répandue dans la famille comme une traînée de poudre.

Mon omelette est juste à point. Mes rôties sont prêtes. Je n'ai que quelques secondes pour les enduire de beurre avant qu'elles ne deviennent immangeables parce que trop froides pour faire fondre la matière grasse. Le téléphone sonne. C'est mon père. Pour un homme qui a l'habitude de ne composer mon numéro de téléphone que de façon semi-annuelle, il m'appelle souvent. Plus souvent que du temps où ma cousine était comptable. C'est elle qu'il devrait appeler, c'est d'elle qu'il est fier. C'est elle qu'il aurait aimé avoir comme fille. Il ne me donne des coups de fil que parce qu'il lui est impossible de rejoindre ma cousine en ce moment. Mon père n'a jamais tant « communiqué » avec moi.

— As-tu vu la nouvelle annonce de ta cousine ?

— Euh... j'ai vu une annonce de *Maison en Folie*, mais ma cousine n'était pas dedans.

— ... En tout cas, manque pas le spécial de deux heures. C'est lundi.

En temps normal, j'aurais menti à mon père en répondant par l'affirmative, juste pour éviter une discussion, mais j'avoue que, cette fois, la curiosité l'emporte.

— Aie pas peur. Je manquerai pas ça.

— Ils vont montrer les auditions. On va voir les malchanceux qui ont pas été choisis.

— On s'en reparlera après, de qui a été le plus malchanceux.

— Qu'est-ce que tu veux dire ?

— ... Rien.

Puis, mon père appuie sur mon bouton :

— Tout le monde parle de l'émission. T'aurais dû t'inscrire toi aussi.

J'ai envie de crier ! Comment ose-t-il croire que cette merde soit pour moi et que j'y serais à ma place ? Heureusement, une raison légale vient à ma rescousse :

— Les membres de l'Union des artistes n'ont pas le droit de s'inscrire.

— Han ? Comment ça ?

— Parce qu'ils seraient obligés de faire signer des contrats de l'UDA et donc de payer des vrais artistes. On peut pas payer les membres moins cher que le minimum déterminé par l'Union.

Je ne pousse pas plus loin la clarification, de peur de m'emporter. Mon père insiste :

— Tu veux dire que ta cousine va être payée seulement si elle gagne le concours ?

— T'as tout compris. *(Façon de parler.)* Je crois que c'est à peu près ça. Si les gens à la maison décident de l'éliminer, elle n'aura rien.

— Voyons donc !... J'suis certain qu'elle va gagner. Tout le monde aime ta cousine !

Tout dépend de la façon dont on la leur présentera. En télévision, on peut faire ce que l'on veut d'une personne qui a « signé sa vie », comme le disent les Anglais. Ce n'est qu'une question de montage.

Non, les membres de l'UDA n'ont pas le droit de participer. Dieu merci ! Quant aux non-membres, on surutilise leur image presque gratuitement. Je suis certaine qu'on leur donne quelques miettes, qu'on ne les laisse pas immédiatement crever de faim, surtout s'ils sont en demande. Mais, s'il fallait qu'on leur paie le tarif minimum UDA pour chaque exploitation... euh, je veux dire, apparition... pauvres, pauvres producteurs ! Il est beaucoup moins agréable de faire un profit s'il n'est pas maximal, et si personne n'est exploité.

Les producteurs ne veulent apparemment plus de vrais artistes. Ils prennent trop de temps à se développer et coûtent trop cher. On préfère laisser mariner douze cornichons dans une maison. On doit les loger et les nourrir, mais un seul gagnera le grand prix, qui n'est pas si grand que ça et qui ne vaut certainement pas la peine de gâcher sa vie. Dans le cas qui nous occupe, la maison est probablement offerte et meublée par des commanditaires. Toute une économie ! Et si le concept est original — s'il n'a pas été acheté à un autre pays, parce que pour l'originalité au sens propre, on repassera —, il ne coûte pratiquement rien à produire.

Et mes rôties sont trop froides pour faire fondre le beurre.

*   *   *

J'imagine un rêve, quel cauchemar !

Je m'imagine bien comment sont montées les émissions de téléréalité comme celle dans laquelle ma cousine se trémousse et se laisse exploiter. Je me représente une productrice blasée et condescendante s'adressant à un de ses employés dans un studio de montage :

— Toi, Marco, t'as déjà fait du documentaire. Tu sais qu'un scénario, c'est essentiel. Nous ne sommes plus au bon vieux temps où on filmait un sujet en priant qu'il se passe quelque chose d'intéressant. Ça peut dévier un tantinet de la vérité, si ça épargne de la pellicule et des efforts... Invariablement, un scénario, ça va plus vite et ça coûte moins cher. Le même principe s'applique pour la téléréalité... Ah, Marco, à ta façon de me regarder, je vois que tu fais partie de ceux qui croyaient que les blagues n'étaient pas préparées d'avance à *Piment fort*.

Elle glousse plus qu'elle ne rit. Marco sourit poliment.

— C'est attendrissant !... Trêve de commisération. Marco, ton montage du premier épisode de *Maison en Folie IV* est mignon comme tout, mais avant de le mettre en ondes, on va l'arranger un peu. J'ai quelques notes pour toi, des petits détails. Des détails qui pourraient possiblement altérer un tant soit peu nos personnages de façon individuelle, mais pas le tableau d'ensemble. Au fond, on aura beau recoller le tout de mille et une façons, en gros, ça ne demeure tout de même que douze jeunes qui réussissent à mal parler, tout en ne disant rien. Mais je trouve que sans retouches, on a l'archétype mou. Pour le simple téléspectateur, c'est rassurant de se faire confirmer que les femmes sont comme ci, et que les hommes sont comme ça. Si notre romantique, notre crétin, notre comique, notre salope sont mal définis, on se bousille le démographique. C'est clair, c'que j'élabore ?

Envahi par la peur de perdre son emploi, Marco répond d'un signe de tête par l'affirmative malgré un malaise émanant de sa conscience. Il est convaincu que l'attaque de l'ours sera de plus courte durée s'il fait le mort. Momentanément satisfaite, la productrice poursuit son discours :

— On a fait signer un contrat en béton à tout ce beau monde, Marco, en béton ! Ben, profitons-en, merde ! Par exemple : lorsque Pat a parlé de sa relation avec l'argent, quel beau détachement il affichait ! Coupe à l'image de Pat fouillant dans les coussins du divan pour trouver de la monnaie.

— Euh... C'est que... Il ne cherchait pas de la monnaie. Il passait l'aspirateur.

— Alors, ne montre pas l'aspirateur, Marco ! Et fais un montage de toutes les déclarations des participants disant qu'il serait temps de sortir les ordures. On a dit à Jean, notre paranoïaque, que lorsqu'ils prononcent ces mots-là, ils parlent de lui. Dans deux jours, il va péter ! Péter, j'te dis ! Ensuite, je veux voir des images de la petite coquette qui s'est réveillée avec un torticolis parce qu'elle a dormi avec ses gros rouleaux sur la tête. Avant que midi ne sonne, ils auront l'ordre de la jeter dans la piscine. C'est formidable ! Elle va sûrement pleurer. De plus, on va s'arranger pour qu'elle porte du blanc.

Marco fait une de ces têtes. Il est désabusé.

— Voyons, Marco ! On leur a promis qu'ils deviendraient quelqu'un, on n'a pas dit qui ! *Next !* Quand Sylvie est tout excitée par ce qu'elle lit dans un magazine sur le mariage, ne garde que le son et coupe. C'est pas très gagnant de montrer qu'elle sait lire. Ce n'est pas l'image qu'on veut lui donner, c'est elle qui a les plus gros seins. Et puis t'as beau être nouveau, tu sais très bien que le simple téléspectateur est terrorisé par la lecture, ou par les mots qui comprennent plus de trois syllabes. Parlant de totons, dans la scène de la piscine, j'ai remarqué que la petite blonde a un sein plus gros que l'autre... Enfin, je pourrais dire qu'elle a un sein plus petit que l'autre, mais je suis une optimiste. Maintenant que nous le savons, nous nous devons d'en filmer qu'un.

— Euh... Lequel ?

— Ben, le plus gros, Marco ! On songe à la poursuivre, la petite, puisque dans son contrat, elle n'a rien indiqué à ce sujet dans la section « handicap ». À l'écran, trois millimètres, c'est deux pouces ! Une autre petite chose que j'ai notée : tu as coupé quelques perles. Comme lorsque Élizabeth affirme que « travailler, c'est quasiment aussi dur que l'école ». Et puis l'autre, lorsque Frank a déclaré et je cite : « Ma sœur, c'est rien qu'une fille ! » C'est de l'or, ça, mon Marco ! J'ignore ce qu'il voulait dire par là, mais ça s'imprime mauditement bien sur un *t-shirt*. Pense « produits dérivés », Marco ! Nous sommes bien partis. La seule carence persistante se situe au niveau de l'hilarité par intention. J'ai une solution tout en finesse. Lorsque Frank prépare sa brassée de lavage devant Sacha, coupe le son et ralentis l'image pour donner l'impression qu'il tente de l'hypnotiser avec un bas sale. On s'entend, c'est pas à se rouler par terre, mais si t'ajoutes une musique comique qui fait « pout-pout » ou « pouet-pouet » — je te laisse le choix —, les gens comprendront que l'heure est au rire. Tu vois. Il faut que ce soit pour tout le monde et leurs grands-mères, sans que le jeune ait l'impression d'être lésé. Je crois avoir fait le tour. Demain, je t'apporte des images savoureuses, prises dans le cadre de notre série qui s'intitule *Que sont-ils devenus ?* Tu te souviens de la gagnante d'il y a deux ans ? Nous sommes allés la visiter à son nouvel emploi. On peut dire que ça reste dans le domaine artistique. Elle est le lutin du père Noël dans un centre commercial. Elle garde un bon souvenir de son expérience avec nous. Elle s'est confectionné un *scrap-book* d'elle-même. Elle a même conservé les articles dans lesquels on la traitait de conne. C'est quelque chose, hein ? Après l'émission, elle est retournée vivre chez sa mère... et sa mère a fugué. C'est ironique : elle participait à *Maison en Folie* pour se trouver un prince charmant, et aujourd'hui, même les crapauds n'en veulent pas.

Marco ne peut s'empêcher de froncer les sourcils. L'ours ne lâche pas prise.

— Te fais pas de soucis pour eux, Marco. Depuis le suicide de la deuxième saison, à la fin, nous leur offrons deux heures de thérapie. Il est primordial qu'en entrant dans la maison, ces jeunes continuent de baigner dans la croyance que leur vie commence grâce à l'émission. Même si certains ignoraient peut-être dans quoi ils s'embarquaient, ils y ont tous participé de leur plein gré. Que veux-tu ! Ils sont trop naïfs, inexpérimentés, démunis. On ne peut tout de même pas les protéger contre eux-mêmes. Il ne faut jamais s'asseoir à la table des champions de poker si le bon Dieu nous a distribué une mauvaise main. Marco, nous ne sommes absolument pas obligés de leur fournir des instructions détaillées comme sur les bouteilles de shampooing : «Faire mousser, rincer, répéter...» Ils demandent notre aide pour faire mousser, eh bien ! qu'ils se rincent tout seuls, merde ! Je crois t'avoir fourni un nombre adéquat d'exemples imagés. Marco. Ne me fais pas peur. Si tu fais du montage avec compassion, tu vas nous brouiller le paradigme.

Marco soupire et se retourne vers sa console de montage.

— Je savais que je pouvais avoir confiance en toi, Marco. Allez ! Arrange-leur le portrait global.

L'ours a enfin quitté la pièce, mais certaines des cicatrices de Marco ne disparaîtront jamais.

Fin ou début du cauchemar.

* * *

Ne mange pas la pâte à modeler !

À *Maison en Folie*, le vainqueur devra sa victoire à sa malléabilité. Il aura docilement fait tout ce vers quoi les producteurs l'auront guidé. Il aura exécuté tous les ordres des décideurs. Bien sûr, une part de chance entre en jeu : la chance de ne pas avoir été préalablement choisi pour être l'idiot ou le méchant de service, la marionnette du montage avec la main d'un producteur dans le cul.

* * *

Lâche mon cumulus!

Entre deux répétitions pour l'autogérée, j'ai une audition pour un film indépendant au budget minuscule, dans lequel tous les participants carburent à l'espoir. Décidément, j'ai la vénalité dans le sang!

L'audition a lieu dans un loft, au fin fond de nulle part. Un jeune homme m'ouvre la porte. Il est presque plus nerveux que moi. Bien que l'édifice soit commercial, le jeune homme semble habiter ici. Le plancher du loft est en béton, mais les nombreuses carpettes qui le recouvrent ne rendent pas l'ambiance très professionnelle. Des effets personnels, un chat, la litière d'un chat et des meubles qui semblent avoir été poussés dans un coin pour créer une aire de jeu finissent de me convaincre que nous sommes bel et bien chez un particulier.

Le réalisateur est assis à dix mètres de moi et me pose des questions d'une voix si basse que je dois les lui faire répéter plusieurs fois, ce qui paraît le contrarier. Je suis persuadée qu'il est parfaitement capable d'émettre plus de décibels. Il se donne un genre, peut-être pour garder les comédiennes sur le qui-vive. Je ne le sens pas sincère. Ouf... Après deux minutes, je sais déjà que je n'ai aucune envie de travailler avec lui. Toutefois, j'ai appris par cœur le long monologue tiré de son scénario. Je le répète depuis quatre jours. Et toute audition est une bonne expérience, si ce n'est que pour devenir encore meilleure à la prochaine. Au terme d'une courte entrevue, il murmure :

— Fais-le comme tu penses.

Quelque chose me dit que je ne pense pas comme lui, mais je m'exécute. Je n'éprouve aucune difficulté à me souvenir du texte. Je me sens bien. Je me sens dedans. À la fin du monologue, je ne regrette pas mes choix concernant la façon d'interpréter le personnage ou de jouer la situation. Je suis heureuse de ma performance, ce qui est habituellement bon signe, car je suis plutôt dure avec moi-même. Et un acteur sait lorsqu'il est «dans la zone», une sorte de transe pendant laquelle il quitte sa propre tête pour entrer dans celle du personnage, et où tout ce qui sort de sa bouche est vrai.

Le réalisateur ne me fait aucun commentaire. Pas un mot sur sa vision du personnage comparativement à la mienne. Je préférerais qu'il me dise que ce n'est pas du tout ça et qu'il aimerait que je recommence de telle manière s'il vous plaît. Il m'est difficile de donner à un réalisateur ce qu'il veut s'il ne me révèle pas ce que c'est.

Après m'avoir détaillée des pieds à la tête comme si je venais tout juste d'entrer, il me demande de tourner rapidement sur moi-même. Je suis perplexe, mais j'obtempère.

— Plus vite... plus vite...

— C'est que... je commence à avoir mal au cœur.

— Regarde ma main lorsque tu arrives vis-à-vis de moi et...

Grâce à sa projection défaillante, je n'ai pas entendu ses derniers mots. Je m'arrête et m'appuie sur le mur. Mes yeux, eux, continuent à tourner. Cela doit être joli, à la caméra. Je me sens soûle.

— Pouvez-vous répéter ? J'ai pas entendu la fin de votre phrase.

— Tourne... c'est ça. Et à chaque tour, quand tu es face à moi, montre-moi que tu as vieilli de dix ans.

Et à quel âge puis-je vomir ? Non mais, c'est ridicule ! Je me rabougris à chaque tour, certaine que l'expression de mon visage tient plus du singe que de la personne âgée.

— O.K. Arrête de tourner, puis dis le texte.

Enfin ! Je commence la tirade en titubant légèrement.

— Sois plus solide sur tes pieds ! Il faut que ça parte des pieds !

Oh... ça part d'un pied, oui. J'ai peut-être de la difficulté à me tenir debout, mais lui, c'est son équilibre mental qui chancelle. J'aimerais lui répondre quelque chose, et je me demande si cette réponse ne partirait pas d'un de mes pieds, justement ! Je continue à réciter le texte. Plus l'étourdissement se dissipe, plus je suis «dedans», mais je ne serai pas fâchée d'avoir terminé. Je prononce les derniers mots de la partie du monologue qu'il fallait apprendre par cœur. Il ne dit toujours rien. Je ne décroche pas. Après de longues secondes, je décide de réciter la phrase suivante, qui ne faisait pas partie de celles à apprendre par cœur.

— Ah... tu as appris le reste de la page ?

Il me parle comme quelqu'un qui passe ses journées à auditionner des actrices qui n'apprennent pas leurs textes. Ce bonus semble le renverser.

— C'est mon métier.

Je n'ai rien trouvé de mieux à dire. Mais l'audition était enfin terminée. Je n'ai toujours aucune idée de ce qu'il voulait. J'ignore si j'ai bien fait ou non.

Je le remercie, serre sa main molle et quitte les lieux hâtivement, heureuse de n'avoir gerbé que dans ma tête.

Deux de mes copines ont auditionné pour le même rôle et ont eu la même impression. Il a fait enlever les chaussures à l'une pour l'aider à « retrouver son animal intérieur » ! Et a dit à l'autre : « Incarne-toi ! », sans autre explication. Sésame, incarne-toi !

Je n'ai rien contre les excentriques, les vrais, mais j'ai peine à accepter ceux qui s'auréolent d'étrangeté parce qu'ils ne se croient pas assez spéciaux de naissance, les insolites par intention, des gens convaincus que pour créer, pour faire de l'art avec un grand A, on doit obligatoirement être torturé. Le faux excentrique est persuadé que si une œuvre n'a pas été pensée dans la douleur, même symbolique, elle sera une merde strictement commerciale.

Par contre, même s'il n'a rien compris et qu'il échoue, l'excentrique, le «pelleteux de nuages», a au moins le mérite de tenter de mettre au monde quelque chose d'original. La téléréalité, elle, est loin d'être originale.

... À moins que... Une cause logique pour toutes ces excentricités lors de l'audition serait que mes copines et moi recevions bientôt une décharge à signer. Nous y apprendrions alors que le film ne consiste qu'en une série d'extraits d'auditions loufoques. On nous aurait mises à l'épreuve pour un long métrage fictif et ridicule. Autant signer mon arrêt de mort.

*   *   *

Le «vrai» est tellement en vogue qu'il faut s'en méfier, se protéger des abus. Aujourd'hui, il faut prendre grand soin de ne rien signer d'anormal à une audition. Avant le début d'une nouvelle série, on a maintenant pris l'habitude de présenter une émission spéciale qui inclut des images d'arrière-scène et certaines auditions. Sur le DVD d'un film, on retrouve de plus en plus souvent des auditions. Plus moyen d'être rejetée en cachette! Plus moyen de se casser la gueule en paix!

Je vous en prie, élevez-vous!

En frottant mes mains, endolories par le poids considérable de mes sacs d'épicerie, j'attends l'ascenseur, le seul qui fonctionne encore. Une situation qui reflète bien la paresse du concierge et l'inertie du propriétaire. L'état des lieux est inacceptable dans cet immeuble de seize étages, où certains locataires sont des personnes âgées. Je devrais calculer les minutes, que dis-je, les heures d'attente, et exiger un rabais à la fin de chaque mois. Après tout, je paie pour un appartement dans une bâtisse qui compte trois ascenseurs! J'ai l'habitude d'emprunter les escaliers, mais avec deux litres de lait, un litre de crème glacée et une méga-bouteille de détersif biodégradable et sans phosphate au bout des bras, l'escalade s'avèrerait périlleuse. J'aime bien que mes membres supérieurs ne traînent pas sur le sol lorsque je suis en position debout. Un couple se joint à moi dans l'attente, le guet et l'espérance. Ils ont dévalisé les boutiques, pour le bien que ça leur fait...

L'ascenseur atteint enfin le rez-de-chaussée et se laisse docilement envahir. Dans l'espace exigu, j'ai tout le loisir d'admirer de plus près les *magnifiques* mèches de la jeune femme du couple. Enfin. De nos jours, les femmes ne se font plus faire des mèches, mais plutôt des strates. De grosses tranches de couleur sable — sable étant une couleur naturelle... pour le sable, pas pour les cheveux — côtoient des poignées de cheveux brun foncé en tronçons bien égaux. Les cheveux n'ont ainsi plus l'air d'avoir été pâlis par le soleil — ce qui fut, à une autre époque, le but initial de la chose —, mais bien de s'être fait pisser dessus par une mouffette. Un look très authentique... chez les mouffettes.

Le petit couple — parce que c'est un «petit couple» et que j'ai bien le droit d'être condescendante, en secret, dans ma tête — le petit couple, donc, jacasse. Les deux cancanent au sujet de — quoi d'autre? — la téléréalité. Ce qu'ils ont vu hier, ce qu'ils ne veulent pas manquer ce soir, ce qu'ils enregistreront demain en regardant autre chose. Je me demande à quand remonte leur dernière conversation au sujet de leur propre vie. Quand se sont-ils regardés dans les yeux? Quand se sont-ils vraiment vus pour la dernière ou la première fois? L'ascension me paraît plus longue que d'habitude. Encore deux étages, et je serai libérée. Je ne serai plus un témoin forcé de leur commérage au sujet de gens qu'ils croient connaître, à qui ils pensent ressembler.

Comme je m'apprête à empoigner mes sacs en prévision de ma sortie imminente, l'ascenseur cesse de faire son travail. Le seul du trio qui besognait encore, le Diana Ross des ascenseurs, choisit ce moment pour chanter sa dernière note. Tout est bloqué. Surtout le petit couple et moi. J'ignore si notre escale est permanente ou temporaire, mais je ne panique pas. Après tout, le téléphone d'urgence est là pour ça. Mais le concierge, en pause café depuis 1982, est bien entendu absent de son bureau.

Heureusement, mes deux compagnons d'infortune ne semblent pas trop déphasés non plus et se chargent de signaler 9-1-1 sur un de leurs téléphones portables dernier cri. Puis, ils me reprennent en otage, poursuivant leur conversation là où ils l'avaient laissée, c'est-à-dire au milieu de la *passionnante* destinée de quelques bestiaux personnages de *Facteur de risques*, l'enfant pauvre de *Fear Factor*. Car, dans toute version québécoise, les récompenses promises aux participants sont beaucoup plus modestes que chez nos voisins du Sud. La défunte version de mon cher *Jeopardy* n'a pas fait exception à cette règle, mais on n'y risquait pas sa vie ou sa santé. Le ridicule ne tue presque jamais, les cascades, si. Le jeu en vaut-il vraiment la chandelle, lorsque la chandelle est un bâton de dynamite allumé ?

Et le verbiage continue ! J'aimerais pratiquer l'écoute sélective, mais je n'ai pas de livre dans mon sac, un bon livre dans lequel je pourrais m'évader comme je savais si bien y arriver, enfant. M'enfuir, me protéger des paroles des gens présents grâce aux mots d'un absent, un absent de qui je me sentirais beaucoup plus proche. Pas de bouquin. Que des instructions sur ma bouteille de détergent pour me divertir. La compagnie me conseille fortement de verser une portion plus généreuse que nécessaire de leur produit dans chaque brassée. Elle protège ses arrières en tentant de m'inciter à consommer davantage.

Le petit couple en effervescence me tire de ma lecture. Ils se remémorent les «crucheries» de *Star Académie*, d'*Occupation double*, et d'innombrables âneries américaines du même acabit. Mon cerveau fond au même rythme que ma crème glacée. Quelques minutes de plus, et la matière grise me dégoulinera des oreilles. Si je tombais dans les pommes, ils ne s'en apercevraient même pas, car, bien qu'ils veuillent tout savoir de ces étrangers devenus si familiers grâce au miracle de la câblodistribution, dans la vraie vie, l'indifférence règne. Je suis physiquement près d'eux, mais ils ne me voient pas. Ils ne voient plus personne. Ils pleurent la défaite d'un supposé virtuose du gorgoton, ils analysent la portée philosophique de la dispute d'un embryon de couple télévisuel dont les deux parties se parlent mais ne s'entendent pas, ils veulent sauver du «danger» un cancre rossignol. Ils préfèreraient, et de loin, pratiquer la respiration artificielle sur de fausses vraies personnes que sur leur vraie voisine.

Nous — et lorsque je dis «nous» je ne m'inclus pas, je ne m'inclus plus, je ne reconnais plus mes semblables d'autrefois. L'ont-ils jamais été? — nous sommes cruels, injustes et barbares. Les itinérants se meurent. Où est ce si puissant instinct de missionnaire qui, lors de nos rendez-vous télévisuels avec ces éclopés de la cellule grise, nous pousse à les nourrir, que dis-je, à les gaver d'éloges et de votes ?

Dans la vraie rue de la vraie ville, où le vrai monde circule, un vrai monsieur tombe raide d'un infarctus. Les témoins, figés, le laissent là, agonisant, gisant sur le sol. Ce n'est pas de leurs affaires, c'est un élément extrinsèque de leur monde, ils ne le connaissent pas, ils n'ont pas voté pour lui, il ne chante pas. Ce n'est même pas ce monsieur si familier qui vomissait des scarabées à *Fear Factor*. Pourquoi les pauvres âmes montrées à l'écran seraient-elles plus dignes du paradis que celles que l'on repousse personnellement vers l'enfer chaque jour ?

La jeune femme du petit couple regarde l'heure. Immédiatement, l'atmosphère dans l'ascenseur immobile gagne en lourdeur. Certains d'être revenus à la maison bien avant leur rendez-vous télévisuel quotidien, ils n'ont pas réglé leur magnétoscope ! Elle pâlit. Et si son favori perdait parce qu'elle avait raté *Canadian Idol* ? Et demain, au bureau, cet endroit où elle gagne son pain et son câble, elle ne saurait pas de quoi tout le monde parle. Elle serait exclue ! C'est grave ! Surtout ce soir. Ce soir, l'enjeu est important. C'est le spécial de deux heures de *Maison en Folie* ! Pourront-ils apprécier pleinement les élus sans avoir pu rire des rejetés ? Sauront-ils se passer de leur dose d'abêtissement ? Seront-ils capables de refouler leur cruauté un jour de plus ?

Tout ce stress, toute cette angoisse pour ma cousine et ses semblables ! Je serais surprise d'avoir éveillé ce genre de réaction chez des gens qui n'auraient pu assister à l'une de mes pièces de théâtre un soir. Ils y auraient pourtant trouvé plus de viande autour de l'os, plus de réponses à leurs questions existentielles. C'est dire à quel point le monde est tristement mal balancé.

Elle « hyperventile ». Il trépigne. Le petit couple panique. Ils se lancent le blâme. Ils ne pensent pas à téléphoner à des amis qui pourraient enregistrer l'émission pour eux. Leur famille, leurs amis sont à la télé. Ils n'ont plus le temps de s'en faire des vrais. Ma cousine, qui deviendra la leur, entrera dans leur foyer plus souvent que l'air frais. Elle sera leur oxygène. Allô, emphysème !

* * *

Quelques heures plus tard, lors de l'arrivée des secours, après avoir embarqué le petit couple en état de choc, un ambulancier se retourne vers moi :

— Et vous, ça va, mademoiselle ?

— Moi ? Très bien. Je ne regarde pas la télé.

Faisant fi de son regard perplexe, je retourne à ma vie. Le petit couple retournera le plus rapidement possible à celle des autres.

* * *

Jour 26 de Cousinocratie

Une caméra dans l'ascenseur. Voilà qui aurait été pratique dans la vraie vie, dans un endroit public. Sauvez les prisonniers des ascenseurs gris ! Une caméra peut même être parfois salutaire, en mode de surveillance, pour nous protéger des voleurs, des violeurs, des grilleurs de feux rouges, pour protéger les bons des méchants... tant que ces images ne sont jamais utilisées à d'autres fins sans le consentement de tous les participants, et que les cassettes n'atterrissent jamais sur le bureau d'un recherchiste à *America's Funniest Videos*, *America's Dumbest Criminals*, ou *Rire et Délire*.

En m'approchant de ma poubelle pour y jeter mon contenant de crème glacée fondue, j'ai une pensée pour ma cousine. Cette histoire d'ascenseur m'aura fait manquer plus des trois quarts du spécial de deux heures. J'aurai à souffrir beaucoup moins longtemps. Merci, concierge apathique, merci, propriétaire inapte !

J'allume le poste. Un homme-grenouille brise le silence qui enveloppait chaudement mon appartement. En une suite d'horribles jeux de mots, il explique qu'il devrait être choisi parce qu'il n'a pas peur de *plonger* et de se *mouiller*. Ouf ! Un autre « auditionneux » se risque à lire un extrait de *Roméo et Juliette*. Shakespeare doit se retourner dans sa tombe ! Le jeune homme a la diction d'un chameau avec une patate chaude dans la bouche, et sa récitation s'adresse à une poupée gonflable. La grande classe, quoi !

Je dois me taper l'audition de quelques dizaines d'autres cancres au cas où j'apercevrais ma cousine. Heureusement, le montage est serré. On ne s'attarde pas longtemps sur chaque candidat. Ils se suivent et, malgré des extérieurs différents, ils se ressemblent assez. Ils ont tous en commun un parler mou, une difficulté surprenante à construire des phrases cohérentes et une impudeur marquée. La plupart ont peine à expliquer clairement les raisons de leur présence à l'audition.

— Ben... pour être à tévé.

— Mais, pourquoi as-tu envie de faire de la télévision ?

— ... C'est parce que c'est l'fun, t'sais... Ben, pour me faire connaître, pis tout... J'peux-tu vous faire ma danse, là ?

Une danse qui tient davantage de l'effeuillage des Chippendales que de la technique des Grands Ballets canadiens. Pour se faire connaître, comme mon père m'expliquait au sujet de ma cousine ! On y revient ! Se faire connaître en tant que pauvre minus prêt à n'importe quoi pour avoir son nom en grosses lettres dans un générique qu'il ne saurait même pas lire ? Se faire connaître en tant que l'un de ceux qui ne savent pas s'exprimer ? En tant qu'individu qui, même s'il avait voulu faire des études poussées, se serait vu refuser l'entrée de toute institution sérieuse ? Aussi bien garder l'anonymat, non ? Je ne comprends pas. Peut-être ne comprendrai-je jamais. J'ai peine à regarder l'émission jusqu'à la fin. C'est trop triste. Même pendant les moments censément cocasses, je suis trop déprimée pour esquisser le moindre semblant de sourire.

Pourquoi le public est-il si fasciné par ce genre de désastre? Est-ce comparable à la fascination des gens pour les accidents? Le téléspectateur moyen ne décolle ses yeux de l'écran que pour aller travailler, épreuve obligatoire pour lui permettre d'échanger une grosse poignée de dollars par mois contre les services de Vidéotron.

J'ai manqué l'audition de ma cousine. Je ne l'aperçois qu'après la dernière pause publicitaire quand on lui annonce qu'elle fait partie des appelés. Sa joie est intense, sans réserve, et sans ménagement pour les deux concurrentes rejetées qui sanglotent à ses côtés; une petite au rimmel dégoulinant sur sa robe de fée, et une grande, plus grande que tous les concurrents mâles — c'est probablement pour cette raison qu'elle n'a pas été choisie.

Je remarque que l'on a sélectionné uniquement des jeunes, très jeunes, bien qu'en âge de procréer, plutôt bien proportionnés, bien roulés et bronzés, mais blancs. Si j'avais tendance à la paranoïa, je croirais qu'un hitlérien tente de regrouper des spécimens parfaits pour donner naissance à une race plus pure. Ils se retrouveront, hélas, avec une descendance mentalement sous-développée et des rejetons qui auront hérité du vrai cul de ma cousine, celui d'avant sa liposuccion.

*   *   *

Cachez ce suif que je ne saurais voir !

Maison en Folie est commanditée par une chaîne de restauration rapide, une marque de barres de chocolat, une marque de croustilles, et une de condoms ! Des échantillons doivent sûrement être étalés dans la Maison des fous. Je me demande si ma cousine aura assez de volonté pour ne pas gâcher le beau travail de son chirurgien...

*   *   *

Bien drainée

L'évier de ma cuisine est bouché, et, comme d'habitude, le concierge demeure introuvable en cas d'urgence. Je paie décidément trop cher pour cet appartement aux commodités aléatoires. Mais les blocages ne me font pas peur, je suis une émule de Bob Vila. Je n'ai peut-être pas en ma possession ses magnifiques outils commandités par Sears, mais je suis armée d'une franche volonté et de suffisamment de savoir-faire. Et puis, aussi bien m'exercer sur la plomberie d'un appartement en location pour, plus tard, parer à toute éventualité quand j'aurai à retaper mon propre petit nid, parce que, comme pour le reste, je n'ai pas l'intention d'acheter du neuf. J'apporte des améliorations à ce qui existe déjà sur cette planète au lieu de créer d'autres déchets.

Je vois la lumière au bout du tuyau ! Apparemment, les locataires précédents ne savaient pas faire la différence entre un évier et une poubelle. J'ai tout nettoyé puis revissé. Couchée sous l'évier avec mon amie la clef anglaise, j'admire tranquillement mon travail. Aucune fuite ! Je ne suis pas peu fière.

Le téléphone sonne ! Dans mon empressement à me relever, je me cogne la tête contre le comptoir. Je tente d'enlever mes gants de caoutchouc en vitesse. Le résidu visqueux dont ils étaient recouverts éclabousse partout. Qui peut bien m'appeler à un moment si inopportun ? Ai-je vraiment besoin de répondre ? C'est à se demander pourquoi je décroche quand même chaque fois. Est-ce que j'aime à ce point souffrir ? Non. Seulement, pourquoi repousser l'inévitable ? Pourquoi remettre à demain la douleur incontournable à laquelle on peut commencer à survivre dès aujourd'hui ?

— As-tu vu l'audition de ta cousine ?

— Mmh-mh.

Je n'ai pas menti ! J'ai émis un son et je ne suis aucunement responsable de sa façon de l'interpréter.

— Elle a maigri, hein ?

— Euh, oui... Elle a finalement décidé de faire de l'exercice ?

— Non, elle s'est fait enlever ça, là...

Vaut mieux prétendre que je ne m'en étais pas aperçue.

— Une liposuccion ?

— C'est ça !

Mon père ne devrait pas publiciser les rencontres de ma cousine avec le bistouri, surtout si elle a clairement opté pour cacher ce fait au grand public. Son contour de cuisses ne le regarde aucunement et ne devrait pas être un sujet de discussion dans la famille. Il me l'annonce comme s'il était fier qu'elle ait pu se payer cela, comme une vraie vedette d'Hollywood, lui qui riait de mon gros ballon suisse, partie intégrante de mes séances de musculation. L'exercice n'a plus de mérite. L'avenir est aux gens qui, pour calmer leurs brûlures d'estomac, au lieu de cesser de s'empiffrer comme des cochons, s'enveloppent quotidiennement la panse d'un coulis de Pepto-Bismol. Ma cousine prend une petite semaine de congé pour subir une liposuccion : c'est simple, c'est pratique, c'est logique. Je fais de l'exercice deux heures par jour : j'exagère, on me prend pour une folle. Si ma cousine tient dur comme fer à cacher sa tendance certaine à la propension, c'est ce qu'elle ingurgite qui aurait dû être modifié, pas ce qu'elle se fait extraire.

Tout n'est pas entièrement sa faute. On lui a fait prendre d'horribles habitudes alimentaires dès l'enfance. Sa mère lui faisait manger du poulet du Colonel chaud au souper, du poulet du Colonel tiède au coucher et du poulet du Colonel froid au lever. Mais elle ne vit plus avec sa mère depuis plusieurs années. Ne part-on pas de chez ses parents pour créer ses propres habitudes ?

On ne mangeait pas si mal chez nous, mais on ne mangeait pas si bien non plus. Pourtant, depuis que je sais me défendre, je ne touche plus aux odieux produits de chez McDonald's ou Poulet Frit Kentucky. On voudrait bien m'avoir comme cliente. On me bombarde de publicités mal écrites : qui sont ces femmes à qui les générateurs de bouffe rapide tentent de vendre leurs salades à vinaigrette chimique fluorescente et leur poulet un peu moins pané ? Je ne suis pas de ces femmes. Je ne suis pas dupe.

* * *

Une lipo avec ça ?

Mon père est fier que ma cousine ait les moyens financiers de se faire sucer la paresse par une machine ? Mon père est fier de ma cousine parce qu'elle a investi une tonne d'argent chez un chirurgien, alors qu'elle aurait pu avoir une salle de gym à la maison pour le même prix ? Peut-être mon père est-il fier de ma cousine parce qu'elle a des moyens financiers, point. La chirurgie, c'est pour les riches, la haute classe.

Ma cousine n'a jamais été pauvre. Ses parents étaient les mieux nantis de son quartier. Pendant qu'à quinze ans je travaillais déjà dans les boutiques pour payer mes livres, ma cousine faisait des voyages de ski.

— T'as pas de skis?

— Euh... non.

— Ben, voyons! Tout l'monde a des skis!

Ma cousine prenait beaucoup de plaisir à me faire sentir comme une moins que rien, parce que mon père ne m'avait pas acheté deux bouts de bois cirés sur lesquels j'aurais pu augmenter sérieusement mes chances de devenir paraplégique. Même s'il m'en avait offert, l'adolescence est la pire période pour apprendre un nouveau sport: la période du «pavanage» pendant laquelle les gens comme ma cousine rient de ceux qui ne portent pas les bonnes marques et ne maîtrisent pas la bonne technique.

Ce n'est pas avec mon petit travail de vendeuse que j'aurais pu me payer un abonnement et des bottes de designer pour lui sacrer mon pied au cul. Je n'aurais jamais été en mesure de prendre congé pour skier, tout en travaillant assez d'heures pour en avoir les moyens financiers.

Et puis, il y avait mes livres et mes vêtements à acheter, l'école et ma pension à payer. Oui, parce que, aussitôt que j'obtins mon premier petit emploi d'été, mon père me fit clairement comprendre que mes quatorze premières années de vie lui avaient coûté suffisamment cher. Je devais maintenant participer au financement de mon confort.

S'il avait pu me faire payer mes couches lorsque j'étais bébé, il l'aurait allègrement fait. Je lui remettais donc un pourcentage de chacune de mes payes, sans rechigner, lui retirant enfin le droit de compter le nombre de carrés de papier hygiénique dont j'usais quotidiennement.

*   *   *

Vedette sans nom

À la téléréalité, les participants perdent, entre autres choses, leurs noms de famille. Ma cousine n'a plus de nom de famille! Quel beau hasard! C'était le même que le mien, et je n'ai pas envie de le partager avec une «téléréaliteuse». Mais pourquoi le lui a-t-on retiré? Un être humain sans nom de famille se contrôle peut-être mieux. On s'y attache peut-être plus. Ou alors on a l'impression d'en être plus près. On ne vouvoie pas un prénom. On n'offre pas son respect à un prénom. Un prénom est plus facile à retenir et se jette mieux après.

J'ose espérer que ma cousine ne sera jamais connue sous son nom complet, sinon, si un jour je connais un succès plus commercial, on croira et dira que je l'ai bâti sur son nom, alors que j'ai posé la première brique toute seule, et bien avant elle. On dira que c'était son nom avant d'être le mien. On dira que je le lui ai emprunté. On dira qu'elle a eu la charité de me le prêter. Elle me vole une partie du respect potentiel que l'on pourrait un jour m'accorder. Je n'aurai même pas le plaisir de vivre les réactions pures, dues uniquement à mon travail. Tout ce que je ferai sera toujours teinté de sa merde... À moins que je ne change de nom...

Mon nom! Il serait injuste que j'aie à me rebaptiser. J'existais en tant qu'artiste bien avant elle.

*   *   *

Jour 29 de Cousinocratie
Happée par le frontispice

Le bon théâtre donne faim. Monter une pièce de A à Z est un travail colossal. Après six heures de répétition, je dois me refaire des forces. On ne se ragaillardit pas avec du sucre, du sel et des produits de restauration rapide.

Le marchand d'aliments bios et québécois est un peu plus loin de chez moi que les grandes surfaces, mais l'exercice ne m'a jamais fait peur. Et puis, pourquoi endurer les paniers aux roues mal huilées, les lumières clignotantes des distributrices de bons de réduction et la voix de l'annonceur maison nous répétant sans cesse les aubaines de la semaine? Tout ça pour se procurer des produits bourrés d'OGM et de gras trans qui nous feront mourir du cancer avant d'avoir atteint l'âge d'or. Vaut mieux faire un effort et passer tout droit.

En route, je m'amuse à regarder les trucs ridiculement à la mode exposés telles des œuvres d'art dans les vitrines des magasins. Des accoutrements que je ne serais même pas certaine de vouloir porter si on me les donnait. Et puis, non. Je suis certaine que je ne les porterais pas. Le look pute est en vogue, et comme je ne suis pas une pute... Lorsque j'ai vraiment envie d'un nouveau vêtement, je le confectionne moi-même, en utilisant plus de tissu et de jugement. Mais je m'amuse de moins en moins à la vue de ces gens, de tout âge, de tout format et de tout acabit, qui ont dû dépenser tout leur argent pour ces horribles «guenilles», mais qui n'ont apparemment jamais jugé nécessaire l'achat d'un miroir. Pourquoi s'entêter à suivre la mode à tout prix, plutôt que de choisir judicieusement des vêtements qui avantagent sa propre silhouette? De nos jours, on modifie les corps pour les ajuster aux fringues. La logique a pourtant toujours dicté le contraire.

Sur le chemin du retour, en refaisant le monde dans ma tête, je passe distraitement devant un kiosque à journaux. Je suis happée par la grosse face de ma cousine! J'ai immédiatement moins faim. Elle est en couverture d'un magazine! J'en perds presque mes tomates. Un article complet à l'intérieur! Comment est-ce possible? Si elle mourait demain, j'aurais du mal à pondre deux phrases intéressantes à son sujet lors du service funèbre. Un article complet! J'imagine que cela dépend de ce que l'on veut dire par «article» et par «complet». Épouvantée à l'idée d'encourager des vulgarisateurs du vulgaire, je n'achète pas la revue, mais je me dois tout de même d'y jeter un coup d'œil.

En sous-titre: «Les secrets de sa fulgurante perte de poids». Ça y est! On commence déjà à la vendre en tant que l'ex-petite-grosse qui s'en est sortie. Chaque petite-grosse, ex-petite-grosse, future-petite-grosse ou phobique-de-devenir-une-petite-grosse et leurs mères se procureront ce magazine. Sans s'en rendre compte, ma cousine est devenue vendeuse d'espoir. Et, une petite-grosse, c'est si attachant!

Son régime miracle! Sur la planète des petites-grosses, le miracle est illusoire. Aussi rare qu'un légume sans beurre, une viande sans sel ou un repas sans dessert. Il n'y a pas trente-six moyens de perdre du poids, il y en a trois, qu'il faut combiner : manger moins, manger mieux et faire de l'exercice. Les pilules, les poudres, les substituts de repas ne fonctionnent qu'un temps et laissent des séquelles.

Si ma cousine pouvait me voir. Marcher des milles pour acheter des légumes, voilà le grand secret! Beaucoup plus doux et efficace que de se faire vomir sa poutine, et beaucoup moins dange-reux que la solution pour laquelle ma cousine a récemment opté, solution dont elle ne souffle mot d'ailleurs dans l'article. Si elle ne souhaitait pas que son tour de cuisses ne devienne un sujet de discussion, c'est gâché. Elle ouvre toute grande la porte. Le plus triste, c'est qu'elle fera croire au public que seul son régime a fait évaporer sa cellu-lite plus vite que de l'argent dans la poche d'un *junky*, alors qu'on lui a « liposuccioné » l'équiva-lent d'une grosse dinde de l'Action de grâce. Combien de pauvres femmes ignorant ce fait se décourageront de ne pas fondre aussi rapidement et se sentiront encore plus inadaptées!

Son régime miracle! C'est trop drôle! Elle qui, depuis toujours, collectionne les régimes des autres qu'elle découpe religieusement dans les magazines. On pourrait rembourrer des milliers d'épouvantails à l'aide de tous ces articles superfétatoires, ses précieuses découpures de journaux. Elle courait après les régimes des autres, elle partage maintenant le sien. Sa vie est complète, sa boucle est bouclée. Elle peut mourir tranquille... Et puis non, vaut mieux qu'elle survive, je ne trouverais rien à dire lors de son service funèbre.

*   *   *

Tout voir, jusqu'au trognon

Je me souviens de ces soirées magiques de mon enfance : la remise annuelle des Oscars. Je ne me lassais pas de regarder ces grandes actrices, ces grands acteurs qui m'avaient fait rêver toute l'année en incarnant avec brio des personnages d'un autre monde que le mien. Le gala était un couronnement dans un royaume étranger. Hollywood paraissait beaucoup plus loin d'ici qu'aujourd'hui.

À présent, on interroge une star, plus qu'on ne l'interviewe. On la harcèle des semaines avant l'événement pour connaître le nom de celui qui l'habillera, celui qui l'accompagnera et celui qui la déshabillera. Après ces futiles et interminables spéculations, le jour fatidique de la remise des prix arrive enfin. Les vedettes défilent sur le tapis rouge. Deux heures de questions creuses s'ensuivent, posées par des «journalistes» qui connaissent par cœur la liste des anciens amants des jeunes starlettes, mais qui seraient bien embêtés de nommer le titre d'un de leurs films. On ressasse toujours les mêmes idioties.

C'est facile! Tout le monde a une carte de presse. Si j'étais journaliste de formation, je serais révoltée. Vous êtes le fils de quelqu'un? D'un politicien? Voici une carte de presse! On la lui a donnée d'emblée, il a un nom. Il pourrait difficilement y avoir une autre raison... Bien que les pré-adolescentes affirment qu'il n'est pas laid. J'avoue que dans le style petit garçon propret et imberbe, il ne donne pas sa place. Mais le vide est palpable — si tant est que le vide le plus épais puisse se palper — surtout lors de ses entrevues. Quand on ne visionne pas un film avant d'en rencontrer la vedette, le propos ne peut pas voler bien haut! Et on doit en tirer la même bonne vieille conclusion: le fils de l'autre a le privilège de gagner sa vie parce que son père en avait une avant lui. Il commente le destin de ceux qui en ont une aussi, une vraie vie, pendant qu'un autre, inconnu mais talentueux, dépérit, la tête pleine de questions intelligentes, et personne à qui les poser... Mais je m'écarte du sujet.

Si j'étais une téléspectatrice moyenne, honnê-tement, j'ai l'impression que je n'aurais pas envie d'en connaître davantage sur la vie privée de ma cousine. Je n'ai d'ailleurs jamais eu envie d'en-tendre parler de l'intimité des vedettes. Comment pourrais-je ensuite aller au cinéma et me laisser raconter des histoires par quelqu'un dont je connais absolument tout ? Lorsque j'étais petite, on avait le droit de rêver. On regardait les films, puis les galas, et on se plaisait à penser que les acteurs étaient un peu comme leurs personnages du moment. On écoutait leurs discours de remerciements, heureux de les entendre parler de leur art. C'était le bon vieux temps !

Aujourd'hui, on suit les vedettes pas à pas, on tente de les photographier sans maquillage, avec leurs enfants ou avec leurs enfants démaquillés. Après les tapis rouges où les « fils de quelqu'un » de ce monde lancent des questions cruciales sur l'origine des bijoux arborés par les VIP, les tapis de bain sont les nouveaux terrains de chasse. On veut du croustillant, du déterré, de l'obscène. Les discours d'acceptation de trophées doivent maintenant contenir des informations personnelles. On y glisse de petites remarques au sujet d'un soutien-gorge trop serré, mais inhérent au maintien d'une toilette élaborée, on ne peut s'empêcher d'y partager l'ardent désir d'un voyage imminent aux toilettes, on y échappe une allusion détaillée au bonheur vécu avec son conjoint. Des caméras sont ensuite plantées en arrière-scène pour recueillir tout soubresaut, tout spasme, toute fin de vague, pour voir ladite bretelle de soutien-gorge se faire remonter, pour voir les larmes et le mascara se faire essuyer, ou pour reprocher d'avoir oublié de remercier quelqu'un dont seul le récipiendaire connaît le mérite et la contribution à son succès. Puis on dirige les vedettes vers une salle de presse où une autre meute de « fils de quelqu'un » salivent à leur vue et posent, en plusieurs langues, les mêmes questions insignifiantes.

C'est trop d'informations ! Il n'y a plus de mystère. Je ne veux pas savoir de quelle couleur est le Tampax de Julia Roberts, je me fiche éperdument de ce qu'elle a mangé ce matin, et je ne saurais que faire du nom de son coiffeur. Je ne désire aucunement connaître l'identité du designer qui a conçu sa petite culotte, ni obtenir une explication technique de la façon dont ses seins tenaient dans les bustiers d'Erin Brockovich. Donnez-lui son Oscar et passez à un autre appel. Tout ce que j'attends, c'est qu'elle donne une bonne performance dans les films dont je paie l'entrée. Je veux bien qu'elle me parle de sa façon de travailler, comme lors d'une entrevue avec James Lipton à l'*Actor's Studio*, mais c'est tout. Je n'en veux pas plus. Laissez-moi rêver !

* * *

Jour 30 de Cousinocratie
Des sous-vêtements propres, au moins ?

Je suis surprise que mon père ne m'ait pas téléphoné. Peut-être ne l'a-t-il pas su d'avance. Ma cousine et deux de ses « colocataires », avant même que leur première émission régulière ne soit diffusée, ont l'honneur de présenter un prix lors du gala de ce soir. Oui ! Ma cousine, la comptable, remettra le prix des « téléréaliteux » de l'année au dernier fabricant de cancres. Je suis certaine que la fournée dont elle fait partie sera également en nomination l'an prochain, et ce, au gala télévisé, comme cette année. Dire que de vrais acteurs n'auront même pas la chance de monter sur scène, même après avoir remporté un trophée. En effet, les prix pour les meilleurs acteurs de soutien ont été décernés hier, lors du gala hors ondes. Ce soir, on ne mentionnera même pas les nominés. Pourtant, leur catégorie le dit : ils soutiennent les acteurs principaux et l'œuvre. Il serait drôlement plus intéressant de filmer la remise de leurs prix que de mettre des contenants vides au premier plan.

Mais on préfère regarder ma cousine étrenner une nouvelle robe au décolleté en chute libre. Soigner son apparence, c'est la moindre des choses lorsqu'on n'a rien d'autre à offrir. Mon père sera fier d'elle. Pourtant, elle aurait pu être plus élégamment vêtue. C'est soir de cérémonie après tout ! Les galas de chez nous sont toujours produits de façon impeccable. Malgré des budgets lilliputiens, les résultats impressionnent. C'est connu, nos techniciens de la télévision sont parmi les meilleurs au monde, nos chanteurs ont les plus belles voix, nos femmes sont les plus jolies. Mais au Québec, nous sommes apparemment trop modestes et sympathiques pour nous habiller chic. Nous avons pourtant d'excellents designers. Comment se fait-il que seule une femme sur dix porte une robe longue ? Je ne vois qu'un seul homme en tuxedo, un seul pingouin qui se fera taquiner demain par tous les chroniqueurs artistiques.

Les États-Uniens* y vont trop fort en ne mettant l'accent que là-dessus. De notre côté, nous faisons presque pitié. Mais la pitié a toujours été tellement payante ici. Nos artistes tentent-ils de démontrer qu'ils ne sont pas si différents des gens qui les idolâtrent? Est-il si pénible de se faire haïr pour notre réussite, chose courante dans la mentalité québécoise? Se pavane-t-on en guenilles en direct à la télévision pour que tout le monde, tout le vrai monde à la maison, croit en la possibilité de gagner un trophée, un jour? Ou bien est-ce une joyeuse combinaison de toutes ces réponses? Je me demande si le décolleté de ma cousine inspire suffisamment la pitié...

* *J'ai toujours été turlupinée, peinée, voire fâchée, que les mots « Amérique » et « Américains » ne soient principalement utilisés que pour désigner les États-Unis et leurs habitants. L'Amérique est un continent après tout! Nos riches voisins du Sud n'y habitent pas seuls, et d'être obligée de les appeler « Américains » me rend triste. Pour me faire plaisir, je les appellerai « États-Uniens ».*

* * *

Le zéro décomposé

Il y a déjà vingt minutes que j'ai composé le numéro. J'ai appuyé sur le 1 pour qu'on me réponde, éventuellement, et en français. Je me suis ensuite perdue dans les dédales téléphoniques du service à la clientèle. Docilement, j'ai exécuté tout ce que la voix préenregistrée m'a ordonné de faire. Puis, j'en ai soudain assez de ce service qui n'en est pas vraiment un. En tant que cliente qui se demande si elle le demeurera encore longtemps, j'ai l'envie irrépressible qu'une vraie personne s'occupe de moi. J'appuie sur le 0 pour parler à un agent... ou plutôt, j'appuie sur le 0 pour écouter de la musique d'ascenseur pendant ce qui me paraît une éternité, puis pour parler à un agent qui encaisse les insultes des clients précédents depuis des heures, et qui s'adressera à moi de façon sèche et irritée avant même que je ne lui aie exposé mon problème. Mais je persiste, car on m'a facturé cinq dollars en trop. Lorsque j'aurai envie de faire un don caritatif de cinq dollars, ce ne sera certainement pas à une grande société comme celle-ci.

Je sens qu'on me répondra bientôt... J'espère qu'on me répondra bientôt... Si on ne me répond pas bientôt... J'ai presque terminé la lecture du livre que j'ai eu la brillante idée d'apporter près du téléphone. Un petit son m'avertit que j'ai un appel sur l'autre ligne. Mon afficheur, système coûteux et peu pratique, ne fonctionne pas lorsque je suis déjà au téléphone. C'est beau la technologie ! Et si c'était mon agent qui m'annonçait que j'ai décroché le rôle dans le film du « pelleteux de nuages » ? Ce serait trop drôle ! Je prends donc l'autre appel, avec le projet de n'utiliser qu'une seconde pour lui dire que je suis bel et bien à la maison, mais que je devrai le rappeler plus tard.

— Salut ! C'est ton père.

J'aurais dû y penser !

— Est-ce que je peux te rappeler ? J'suis en attente...

— Ce sera pas long. C'est juste pour savoir si tu viens demain.

— Où ça ?

— Chez nous ! T'as pas reçu mon courriel ?

— Non.

Je dois mentir. C'est que le dernier courriel que mon père avait eu la gentillesse de me faire parvenir contenait un virus. Alors je n'ouvre plus aucun document provenant de sa cyber-adresse. Quelle belle métaphore, quand même !

— Ah... J'comptais sur toi pour apporter un plat.

— Où ça ? Un plat de quoi ? Tu veux que je nourrisse qui ?

— Chez nous. C'est la première émission régulière de *Maison en Folie*, pis, j'ai pensé que ce serai l'fun d'écouter ça tous ensemble. Tes oncles pis tes tantes vont être là. Tout le monde apporte quelque chose à manger, ça fait que ça coûtera rien.

Ça fait que ça ne LUI coûtera rien.

— À la dernière minute comme ça, j'peux pas y aller. Tu sais bien que j'ai pas d'auto.

— Tu vois tout ce que tu manques parce que t'es à pied. Ça a pas de sens ! Quand est-ce que tu vas te déniaiser, pis t'en acheter une ?

Me *déniaiser* ! Ce n'est pas en me parlant de cette façon qu'il me donnera envie de pérégriner des milles et des milles pour passer du temps avec lui ! Non seulement ai-je le droit de choisir les transports en commun, mais c'est peut-être lui qui devrait se *déniaiser* !

Je n'ai jamais jugé utile l'achat d'une voiture, ni même l'obtention d'un permis de conduire. J'habite la ville, où j'ai tout à ma portée... sauf une place de stationnement. Je marche. Et l'hiver, je porte fièrement mon pantalon couvert de taches de calcium qu'aucun détergent ne réussit jamais totalement à faire disparaître. Ces taches sont mes cicatrices de vétéran. Mes souvenirs d'une guerre dont je ressors tous les jours victorieuse : la guerre à la pollution.

Mon père ne comprend pas. Papa est aussi ouvert d'esprit qu'un dinosaure constipé. Il habite la banlieue asphaltée d'une ville lointaine et s'y promène en 4X4. Il pollue. Il souille la planète au maximum de ses capacités. Il y est forcé, parce que la nature humaine étant ce qu'elle est, il n'a pu s'empêcher de se procurer un véhicule aussi gros que celui de son voisin. Malheureusement, un homme motorisé en vaut cinq ou sept, selon le nombre de places, et fort probablement le volume d'émanations polluantes de son tas de ferraille.

Je n'ai pas de voiture et je n'en veux pas ! Selon mon géniteur, cela fait de moi une sous-humaine, une va-nu-pieds communiste, une granola piteuse, car le bonheur ne se trouve que dans le gros char et la grosse cabane. Ai-je vraiment envie d'aller chez lui, pour me faire répéter que je ne connaîtrai jamais joie et prospérité tant que je ne deviendrai pas l'heureuse propriétaire d'une maison pareille à toutes les autres maisons, et d'un plus gros véhicule que le sien et celui de son voisin ? Vraiment pas. Et puis, sortir, transporter un plat en autobus pendant deux heures en espérant que rien ne se gâte, pour assister au visionnement de quelque chose que j'aurais tout le loisir d'éviter de regarder si je demeurais tranquillement à la maison me paraît absurde.

C'est tout de même quelque chose ! Mon père organise une fête pour ma cousine qui n'a pas travaillé pour mériter une apparition télé, encore moins une fête. Et à moi, rien. Zéro. Pas même un « voyage de char » gratuit lors de mon déménagement. Tiens, on en revient toujours au tas de ferraille. Où notre monde s'en va-t-il ? Qu'adviendra-t-il de notre planète si même une personne aussi consciente que moi laisse de telles pensées rouiller son cerveau ?

— T'es certaine que tu peux pas t'arranger pour venir ?

— Désolée... Et j'ai du texte à apprendre avant ma répétition du lendemain matin.

— Une répétition de quoi?

— Une pièce de théâtre.

— Fais-toi remplacer!

— Ça fonctionne pas comme ça...

— T'es pas connue. N'importe qui peut te remplacer. Personne va voir la différence. Voyons! Tu vas pas rester chez vous à pratiquer quelque chose que personne va voir, pis manquer une émission que tout le reste de la province va avoir vue? ... Si tu voulais vraiment, tu viendrais. C'est pas très gentil pour ta cousine.

— Que je regarde l'émission de chez moi ou de chez vous, ma cousine verra pas la différence.

— Es-tu en train de dire que ta cousine est niaiseuse?

— J'ai pas dit ça! J'peux pas y aller, c'est tout. J'ai pas encore la capacité de me « téléporter ».

— Ben, ta cousine, elle, est capable de se téléviser!

Mon père fait un jeu de mots? L'heure est grave! Mais je resterai chez moi. Et j'irai à ma répétition de théâtre, si peu importante soit-elle à ses yeux, parce que je travaille pour le respect et la longévité, pendant que ma cousine batifole pour devenir instantanément riche et célèbre.

De retour à l'autre ligne, la voleuse, l'entreprise qui me dérobe de mon temps, de mon argent et de ma patience, a raccroché et compte sur mon découragement pour s'en tirer indemne. C'est mal me connaître...

* * *

Quand Cupidon tombe du nuage

J'ai eu des nouvelles au sujet du film indépendant. Même le «pelleteux de nuages» a opté pour une vedette, une vedette talentueuse, ce qui aide à faire passer le morceau.

Prix de consolation: le «brasseux de cumulus» m'a tout de même donné un coup de fil... pour m'offrir une soirée en tête à tête avec lui! J'ignore comment il a pu ressentir une quelconque connexion ou voir une ouverture, moi qui lors de l'audition avais du mal à cacher mon dédain pour lui et ses méthodes. Un réalisateur qui se sert du bottin de l'Union des artistes comme agence de rencontres! On aura tout vu! Je croyais qu'il s'agissait d'un sport exclusivement pratiqué sur les divans d'Hollywood. Il va sans dire que j'ai répondu à son invitation par la négative.

* * *

Woody, je t'aimais

Mon agent ne fait pas dans les œuvres de charité. Il ne m'aurait pas intégrée dans son agence si je n'avais pas de talent. Je refuse d'auditionner pour la plupart des publicités, et je choisis mes projets avec soin, comme quelqu'un ayant vraiment le choix. Une cliente telle que moi est beaucoup moins rentable à court terme. J'en conclus qu'il croit en moi à long terme.

Mon ancien agent était moins optimiste, et c'est pour cette raison qu'il est mon ancien agent. J'ai toujours écrit, et il le savait. J'avais créé une courte pièce, publié quelques nouvelles, et je terminais la ponte de mon spectacle solo. J'avais alors mentionné à mon ancien agent, qui, à l'époque, était tout simplement mon agent, que j'avais envie d'écrire un court métrage basé sur une de mes nouvelles.

— Prends-toi pas pour Woody Allen ! Ça arrive une fois sur un million, des succès comme ça.

Pas que je vise une carrière comme la sienne, longue et internationale, mais si mon propre agent ne croit pas en moi, s'il n'associe pas cette chance sur un million avec ma tête, je n'ai plus rien à faire dans son agence. Comment peut-on me vanter, me « vendre », si on n'ose pas rêver en couleur pour moi ? Même le vendeur d'aspirateurs le plus inepte sait qu'il faut croire en son produit.

...Woody Allen dans un contexte péjoratif ! Tiens donc...

*   *   *

Agent 002

Toujours est-il que mon agent, mon présent agent présent, tout en respectant mes goûts et mes principes, m'a suggéré pour une audition : une publicité pour un produit québécois, non testé sur des animaux. Ça me va.

Parlant d'animaux, la salle d'audition est bondée — connotation de troupeaux attendant d'être achetés, exposition agricole, vérification de dentition. — Apparemment, on a invité toute la ville. Comme d'habitude, on prend ma photo, avant que je ne m'assoie avec le reste du bétail pour remplir le petit questionnaire habituel.

Mon âge, que je n'indique jamais puisque j'ai l'âge du personnage pour lequel j'auditionne. On me donnera l'âge qu'on veut bien me donner, et on aura tendance à croire que je ne serais pas là de toute façon si je n'avais pas le même âge que l'héroïne qu'ils ont créée.

Mes mensurations, qui ne sont pas loin de la perfection, de la convention établie il y a longtemps par quelqu'un que tout le monde a cru, mensurations que je n'exagère jamais pour ne pas être choisie pour les rôles de greluche.

Ma taille, que je n'exagère jamais non plus, pour être certaine d'être plus petite, au moins sur papier, que les acteurs masculins qui seront choisis — comme si, dans la vie, aucun homme n'était assez homme pour sortir avec une femme plus grande que lui !

Mon poids, approximatif, car je n'ai pas de balance chez moi, et parce que le poids de mes muscles, très bien réparti sur ma personne, ferait probablement peur à voir sur papier.

La taille de mes vêtements, dont je n'aurais aucune idée s'il ne s'agissait pas là d'une des contraintes de mon métier. Je n'achète jamais de vêtements neufs et je ne suis pas obnubilée par mon propre corps. Si on se fie à l'industrie de la « guenille », mon petit corps n'a apparemment que deux ans. On ne laisse pas un bambin aux commandes de sa vie.

Pendant l'audition, on me demande d'improviser, ce que je n'ai jamais eu de mal à faire, d'où mon problème : deux fois dans le passé, après avoir fait cadeau de mes chiures mentales en audition, elles se sont retrouvées à l'écran... sans moi. On a adoré mes paroles, mais pas la bouche de laquelle elles étaient issues. On ne voulait qu'extraire le jus et jeter la pelure, pour exhiber un jeune fruit frais à sa place. Comme si je n'étais pas suffisamment jeune ! Justement ! On ne voulait pas de moi dans le produit fini, on voulait du prépubère qui n'a pas encore le cerveau assez formé pour pondre quelque chose d'intéressant.

Et si encore on avait acheté mes perles... Puisqu'une des publicités en question était en anglais, ACTRA, l'union qui protège les acteurs dans la langue de Shakespeare, aurait pu réclamer en mon nom un montant d'argent symbolique. Mais je n'ai déposé aucune demande à cet effet parce qu'un acteur ne doit pas faire de vagues s'il désire garder intacte sa bonne réputation. Et c'est ma parole contre celle de personnes plus « importantes » que moi. L'union aurait eu à visionner toutes les cassettes de l'audition pour authentifier ma plainte. C'est beaucoup d'efforts pour m'obtenir une minuscule poignée de dollars — un doigt de dollars serait plus approprié puisqu'on parle ici d'un montant dans les deux chiffres. Lorsqu'il s'agit de publicités plus coûteuses à produire que des vidéoclips, c'est insultant, même si c'est mieux qu'une claque sur la gueule, et encore... Et en français, je n'ai rien aperçu dans le livre de règlements de l'Union des artistes qui aurait pu me donner ne serait-ce que l'illusion d'un recours.

L'incommensurable honneur d'entendre mes mots mâchouillés par une nymphette affriolante fut donc mon seul salaire. J'ai toujours un petit pincement au cœur lorsque, peu après ma brillante audition, je suis témoin du résultat mis en ondes : mes trouvailles saignées de toute vie par un mannequin qui ignore tout du jeu d'acteur. Un autre triste exemple qui prouve qu'à court terme, la beauté semble plus payante que l'intelligence. Ce n'est pas pour rien que les questionnaires dans les salles d'attente des *castings* ne comportent aucune référence au Q.I.

* * *

Une image qui vaut soixante mots

Les mannequins ont perpétuellement la cote, les très jeunes mannequins, surtout. Dieu nous garde qu'une femme de plus de trente ans annonce une crème antirides! Les mannequins sont donc de plus en plus jeunes, quatorze ans, douze ans. Bientôt, les mannequins seront des fœtus en talons aiguilles et à la poitrine déjà surdéveloppée. À leurs pauses café, elles s'allaiteront entre elles.

*   *   *

Parlant de jus de vache...

Mon père, avec toute la sagesse et la circonspection que je lui connais, m'a un jour demandé:

— Pourquoi tu fais pas de la publicité, comme Monsieur Bell? C'est payant, ça!

Comme si on pouvait signer un contrat tel que celui-là, comme ça, juste parce qu'on en a décidé ainsi. Comme s'il n'en dépendait que de moi. Bien sûr, papa! Merci de m'y faire penser! Ce n'est que ma paresse légendaire qui m'empêche de signer un contrat très lucratif de dix ans avec une grande compagnie qui, en plus, me laissera une infinie liberté de création. Ah, oui! Je m'imagine en train d'appeler les Producteurs de lait du Québec pour leur offrir mes services:

— Oui, oui! J'suis super, super bonne! Je fais vingt-quatre voix différentes, pis j'en travaille d'autres... toutes des voix qui vendent! J'écris, j'improvise, pis j'suis pas allergique aux perruques.

Franchement... meilleur!

*   *   *

Parlant de vaches maigres...

Comme pour me faire mentir, cette fois, c'est moi qui ai décroché le rôle pour la publicité de l'autre jour. J'ai été préférée à l'éternelle blonde de quatre-vingt-dix livres. Je n'enregistrerai qu'un seul message. Nous sommes à des années-lumière d'un contrat d'une décennie, mais je gagnerai assez de sous pour vivre dix maigres semaines, ou pour vivre maigrement sur une période de dix semaines, ou pour vivre normalement, comme vit la norme, pendant trois semaines.

* * *

Parlant de vache...

Dans la catégorie « Agir comme si je n'avais pas faim » : aujourd'hui, on m'a également offert un rôle dans un téléroman. Un rôle de pute au décolleté plongeant et à la jupe presque inexistante. Un minuscule rôle de pute qui dit deux répliques et qu'on ne revoit plus jamais. N'ayant pas faim à ce point, je me suis fait l'amitié de refuser. Ils n'auront qu'à faire appel aux services d'une vraie fille de joie. La petite pub me permet de refuser la petite pute.

Être acteur, c'est marchander son bonheur jusqu'au jour où on aura enfin vraiment le choix.

* * *

Jour 32 de Cousinocratie

Émission polluante

Pourquoi souffrir longtemps et se laisser imposer l'heure du supplice par surcroît, lorsqu'on possède un bon vieux magnétoscope qui ne demande pas mieux que de se laisser manipuler ? Une fois enregistré, le premier épisode de *Maison en Folie* ne sera pas plus long à regarder qu'un vidéoclip. J'aurais pu ne pas le visionner du tout. J'avais le choix. On a toujours le choix. Mais j'ai encore espoir d'y trouver quelque qualité qui rendrait la participation de ma cousine plus aisément pardonnable.

Peut-être ai-je aussi un espoir secret, si secret que refoulé au plus profond de mon moi : me trouver des points en commun avec mon père, partager la même opinion sans avoir eu à changer la mienne pour adhérer à la sienne. J'aimerais aimer l'émission à laquelle participe ma cousine. Tout serait tellement plus simple. Aux innocents les mains pleines ! C'est sûrement pour cela que mes mains sont toujours exemptes de contenu... sauf ce soir, car je joue d'un instrument qui s'appelle la télécommande. «J'use» le bouton de la plus belle fonction jamais inventée : *fast forward*.

La petite musique thème donne mal au ventre tant elle fait pitié. Elle sonne comme un vieil *organ* Casio et un xylophone jouet. On y a ajouté de la guitare électrique pour avoir l'air « dans le vent ». Pathos ! Ils n'ont apparemment pas réussi à dénicher un musicien de qualité prêt à se prostituer pour la cause. Ayez la décence d'investir dans de vrais instruments au moins ! Épargnez-nous ! Vive le FF ! Je poursuis donc en accéléré la découverte du chef-d'œuvre.

Les heureux élus font leur entrée dans la maison de Laval. L'endroit où elle est située n'est jamais mentionné, mais tout crie Laval, de l'asphalte à la boîte postale, en passant par le revêtement cancérigène en PVC. Deux participants s'extasient devant le broyeur à déchets. On aurait pu au moins leur apprendre à récupérer et à fabriquer du compost. De grâce ! Qu'on les rende utiles à quelque chose sur cette planète ! Au lieu de ça, ils produiront autant d'ordures que chez eux, mais en plus petits morceaux, et en trouvant ça merveilleux.

Après la visite du château en carton aux couleurs de banlieue très récemment riche et anciennement très pauvre, on dresse un portrait de chaque participant. C'est une rediffusion de leur audition qui ouvre le bal. Je vais voir l'audition de ma cousine ! Je vais enfin comprendre les raisons qui ont poussé les producteurs à la choisir.

Elle s'approche de la table des juges d'un pas assuré. Il n'y a pas à dire, ma cousine semble déterminée et confiante. J'avoue avoir un peu hâte de voir ce qu'elle va faire, ou plutôt, ce qu'elle a fait. Je n'ai jamais osé demander à mon père de me raconter l'exploit en question, lui avouant que j'en avais raté la première diffusion. Aucune excuse n'aurait été satisfaisante, pas même un ascenseur en chute libre. Et puis, qu'il me raconte de sa bouche à lui ce qu'il a vu de ses yeux à lui aurait assurément été loin de ma vision à moi.

Je remets la vidéo en vitesse normale, m'attendant à un grand moment de télévision... Ma cousine boit du lait... et le fait sortir de son nez! C'est dégueulasse! Ça me lève le cœur! J'ai toujours détesté les démonstrations de cascades et d'exploits dépendants de fonctions corporelles primaires. Et moi qui déteste le gaspillage. Quand on pense que des milliers de jeunes écoliers québécois n'ont pas de quoi prendre de petits déjeuners complets! Elle se rince la narine du précieux liquide qui aurait pu servir à ramollir les céréales d'un enfant démuni!

Pourquoi a-t-on choisi ma cousine? Parce qu'elle est dotée d'un renvoi d'égouts entre sa gorge et ses sinus? Parce qu'on espère obtenir du fromage en grain lorsqu'elle se mouche? A-t-elle fait autre chose, hors caméra, pour être choisie? Quelque chose qu'on ne montre pas, qu'on ne peut montrer? Les a-t-elle soudoyés? Peut-être vais-je trop loin. Des gens se faisaient sortir du lait par le nez à la télévision dès les années quatre-vingt au *talk-show* de David Letterman, dans le cadre des «*Stupid human tricks*». Mais dans le contexte, c'était absurde. Les gens ne méritaient et ne gagnaient rien. Ma cousine, elle, a été choisie pour ça, à cause de ça, par ça. Est-ce un humour dont je ne comprends pas toutes les subtilités? Ou peut-être n'est-ce tout simplement pas mon genre d'humour à moi ?... Je soupire. J'ai peine à le croire. Les critères de sélection me paraissent douteux, aléatoires. Il y a toujours des critères de sélection, partout, dans tout. J'ai la forte impression que, dans ce cas-ci, les vraies données sont cachées au grand public. Ce que l'on choisit vraiment, c'est une gueule, une malléabilité, une nature moutonnière, un pantin télécommandable.

Et, qu'en est-il de ces personnalités opposées dont, paraît-il, résulte la bonne télé ? Peut-on appeler « personnalités opposées » deux « mangeux de chips » qui ne soutiennent pas la même équipe de hockey ? Ou deux poupées qui se battront pour l'accès prioritaire aux miroirs pour réussir à se farder de poudres de marques concurrentes ? La sélection des participants me laisse définitivement bouche bée. On n'a pas choisi ce groupe de jeunes gens pour leur capacité potentielle à changer le monde. Si ce sont les conflits et les discussions qui rendent ce genre d'émission intéressante, on ne doit pas s'attendre à ce qu'elles tiennent du politique.

Comment peut-on ne pas être d'accord sur les enjeux importants de la vie lorsqu'on est en tous points semblables ? Il y a certes quelques différences entre ces personnes, mais rien de plus marqué que la couleur des yeux et des cheveux. On a bien entendu l'un d'eux déclarer que son père était chef d'entreprise, mais même entre les diverses classes sociales, si classes sociales il y a, la marche n'est pas très haute. Les différences devront donc être marquées au montage. J'espère que ma cousine est psychologiquement prête à se faire citer hors contexte, à pratiquement se faire mettre des mots dans la bouche à grandes pelletées, et à ce qu'on lui prête des intentions. C'est ainsi que l'on détruit une vie. Ma cousine pourrait être connue comme étant la pire traînée, ou la plus pitoyable des idiotes du Québec. Sera-t-elle heureuse de pouvoir au moins se dire connue ?

* * *

Hantise non transmissible

J'ai toujours eu le sentiment que c'est la peur d'avoir l'air ignorant qui fait avancer tout être humain sensé. La peur d'avoir l'air ignorant diffère en tout point de la volonté d'avoir l'air intelligent. La peur d'avoir l'air ignorant fait travailler d'arrache-pied, pousse à se dépasser et à chercher des réponses. La volonté d'avoir l'air intelligent pousse à prétendre que l'on connaît déjà toutes les réponses et à les partager haut et fort. Ma cousine ne semble pas être accablée par la peur d'avoir l'air ignorante.

* * *

Syndrome de pub

J'ai un bon agent. Il me passe un coup de fil, comme il le fait souvent, avant de me proposer pour un rôle qu'il n'hésiterait pas à refuser s'il était tout comme moi comédien. Ça, c'est un bon agent ! Prêt à faire une croix sur tout l'argent, la grosse commission, qui découlerait d'un rôle de pitoune à cellules mortes dans une annonce de bière nationale. Une annonce doublement payante parce que tournée dans les deux langues officielles. ACTRA, UDA, Alléluia !

Je suis bilingue et pas trop laide en maillot de bain. On se plaît donc facilement à m'imaginer dans ces rôles. Pourquoi certains réalisateurs et producteurs — en majorité, des hommes — croient-ils que si une comédienne possède quelques attributs physiques, cela signifie automatiquement et sans aucun doute qu'elle désire vivement les utiliser et les montrer, mettant son décolleté de l'avant, faisant abstraction de toutes ses facultés intellectuelles ? Dieu nous garde qu'une actrice pourrait être à la fois belle et intelligente !

Dans les publicités, on vend par stéréotypes. Dans les publicités, une maman n'est jamais désirable, une femme n'est jamais propriétaire d'entreprise, et seule la pitoune boit de la bière. Beau rêve éveillé ! J'aimerais qu'on s'arrête une nanoseconde pour réfléchir aux effets de la consommation de bière, et que les publicités deviennent donc représentatives de la réalité. On y verrait des gens bedonnants et titubants, aux facultés affaiblies, au rimmel dégoulinant, à la libido à vif, à l'haleine fétide sortant d'une bouche molle, tentant de charmer les plus repoussants décombres dans un bar à 3 h 30 du matin. Ce serait trop. C'est moi qui rêve en couleur vomi.

Alors, comme d'habitude dans ces cas-là, je réponds à mon agent par la négative. Il est d'accord pour laisser passer cette «chance» et me réserve pour quelque chose de mieux, telle une vierge que l'on garde intacte jusqu'au jour où on la méritera enfin. Je ne crèverai jamais assez de faim pour annoncer de l'alcool. Pas plus que des boissons gazeuses, des voitures, des produits nocifs ou de puissantes sociétés. Je ne prête mon nom — si peu valable soit-il —, mon corps, mon visage et mon âme qu'à du québécois, du sain et de l'honnête. Inutile de préciser qu'en cinq ans, je n'ai joué que dans deux publicités. Mais je dors si bien la nuit, sachant que je n'exerce aucune mauvaise influence et que je ne nourris pas le démon. Je dors si bien la nuit, et je n'ai jamais peur de me regarder dans un miroir parce que je ne me suis pas souillée.

* * *

Autosuggestion

J'ai un bon agent. À force de m'entendre le répéter, on croira que c'est parce que je tente de m'en convaincre. Enfin. Je reconnais un bon agent au fait qu'il se souvient de mon nom et l'épelle correctement. C'est un préalable essentiel, sans lequel il vaut mieux se gérer soi-même. Mais c'est loin d'être suffisant. Il est impératif qu'un agent n'ait pas cent cinquante clients dont le tiers sont du même sexe, du même groupe d'âge et du même gabarit que moi. Qu'il ait confiance en moi et en mon talent ne peut certainement pas nuire. Qu'il ne m'envoie pas auditionner pour n'importe quoi, seulement pour être en mesure de dire qu'il m'a procuré des auditions en quantité plutôt qu'en qualité, peut faire toute la différence.

Et, il ne s'agit pas seulement qu'un agent veuille de moi. Encore faut-il que ce soit pour les bonnes raisons. Et encore faut-il que je veuille de lui. Il ne sert à rien d'avoir un agent pour avoir un agent, n'importe quel agent. Il faut qu'il croie en mon talent presque plus que j'y crois moi-même.

L'agent de ma cousine est l'agent des douze cancres de sa fournée. Ne doit-elle pas se sentir spéciale ? Son agent a plus à cœur le produit que ma cousine. Lorsqu'il la regarde, il ne voit pas deux yeux, un nez, une bouche, un visage, il ne voit qu'un gros signe de dollar. Bonne chance, cousine ! Tu en auras grand besoin, toi qui as vendu ton âme comme on l'aurait vendue au diable.

Elle qui n'est pas de ce milieu sera à la merci de son agent. S'il désire qu'elle se trémousse le cul pour faire mousser les ventes d'un produit bon marché, elle devra le faire sans rechigner parce qu'elle a signé. Ma cousine est vulnérable et, en toute innocence, ne se rend pas compte que son agent n'est qu'une marionnette du producteur, et que le producteur peut en faire tout ce qu'il désire. Son cul lui appartient, elle a signé. Il achète les culs comme le sien par douzaines, rattachés par de petits anneaux de plastique comme les canettes de bière. Naïve, ma cousine a «signé son cul», peu importent les conséquences sur son futur. Tenez! Vous le lui rendrez dans deux ans. Tâchez de le lui redonner en bon état. Et si, comme promis, on le lui remettait un jour, elle se surprendrait que le trou ait élargi.

* * *

Mais ma cousine, en bonne poule sans tête, ne saurait pas gérer, ni même superviser la gestion de sa carrière elle-même. Moi, je ne compte pas que sur mon agent. Je ne suis pas le genre d'actrice impuissante et angoissée qui attend que le téléphone sonne. Je pose des mines. Il est immanquable qu'un jour, une de mes mines explose au visage de quelqu'un d'influent. J'écris. Je produis. Je cherche. J'essaie. Je me trompe, parfois, mais je suis toujours en mouvement. Je mène des projets à terme. Je fais tout ce qui est en mon pouvoir, même des choses que l'on croit, moi la première, ne pas être envisageables sans aide ou sans budget.

Ma cousine aurait fait n'importe quoi pour qu'on s'intéresse à elle. Elle fait donc n'importe quoi. Je ne fais pas n'importe quoi, car je suis ce que je fais.

* * *

Ils mènent

Un petit rôle par-ci, un petit rôle par-là. Aujourd'hui, c'est un petit rôle par-ci, un rôle d'un seul épisode dans une nouvelle télésérie, un rôle de seize répliques, la nouvelle copine d'un des personnages principaux. Un rôle qui, si le réalisateur et l'auteur m'aiment bien, pourrait devenir récurrent, qui sait?

Dans les téléséries, les rôles féminins consistent souvent à jouer la copine de..., la mère de..., la fille de..., la sœur de..., etc. Nous sommes rarement le «de». Il est inhabituel que nous menions l'histoire. Mais en attendant le prochain grand rôle au théâtre, on fait ce que l'on peut avec ce que l'on a. Et puis c'est plaisant, un tournage. Pendant les changements de plan et les ajustements d'éclairage, on est gavés plus que nourris, et on discute avec nos pairs.

Tout allait formidablement bien jusqu'à ce que je rencontre un théâtreux sur ce tournage. Je l'appelle «théâtreux» parce que ça fait petit, donc, ça lui va bien. Mais je suis tout de même moins condescendante avec lui en pensée qu'il ne l'a été avec moi à voix haute. Je ne sais plus trop comment nous en sommes arrivés là, mais la discussion a bifurqué vers les écoles de théâtre, comme elles sont formidables, où il est allé, bla-bla-bla. Je sentais que ça allait mal tourner, mais je n'aime pas mentir. Je ne lui ai donc pas caché que je ne suis allée à aucune des écoles qu'il considère valables. Il s'est mis aussitôt à littéralement me cracher dessus. Les «théâtreux» détestent les autodidactes. Je n'allais pas me laisser faire par quelqu'un d'aussi mal placé pour me juger:

— C'est pas toi le gars qui dit un petit mot de rien dans l'annonce de papier de toilette? Quatre ans au Conservatoire pour faire ça!

J'avais envie d'ajouter un «Tes parents doivent être fiers!», mais je me suis retenue. J'avais déjà atteint mon but. Le «théâtreux» fut d'une gentillesse et d'une modestie exemplaires tout le reste de la journée, lui qui n'avait encore une fois qu'une seule réplique à dire dans son rôle de garçon de restaurant où il sert mon personnage.

* * *

Fille de mes œuvres

Autodidacte! Sortant d'une bouche venimeuse, ce mot devient tellement péjoratif! Autodidacte, mon œil! J'ai eu huit professeurs, de Paris, New York, Los Angeles, Montréal. En privé, semi-privé, pas privé du tout. La méthode de l'Actor's Studio, Meisner, Stanislavsky, Ivana Chubbuck. Sept ans à amasser mes crédits de l'Union des artistes: tous de vrais rôles, aucune figuration! Où commence et où s'arrête l'«autodidactie»? À partir de combien d'ateliers puis-je considérer que l'on m'a enseigné mon métier d'actrice? Je n'ai pas pêché la totalité de mes informations dans mon propre grenier, à ce que je sache. J'ai fait de l'assemblage à la maison, mais on m'a tout de même fourni des morceaux.

Pourquoi l'«autodidactie» serait-elle une forme d'éducation primitive? Il faut démontrer beaucoup d'autonomie et de persévérance pour magasiner ses connaissances et effectuer soi-même des recherches. Il ne faut pas avoir froid aux yeux pour compléter sa formation en apprenant par la pratique, en plus de la théorie, en frappant aux portes sans carte de visite d'une grande école comme laissez-passer. L'autodidacte ne peut compter que sur lui-même pour rencontrer les gens du milieu. Il doit être courageux et déterminé. Un autodidacte n'entame pas sa carrière avec une douzaine de collègues devenus amis avec qui il est aisé de monter des projets.

Il est facile et dangereux de se laisser guider dans une belle bulle étanche. Entrer dans une école comme dans un moulin à viande et en ressortir en petites boulettes bien égales. La même méthode pour tous. Débrouillez-vous avec ça! On impose universellement une démarche qui n'est pas pour tout le monde. Une amie m'a décrit quelques exercices effectués à sa grande école, lors de cours de mouvements; ils tenaient davantage de l'attouchement *New Age* que de l'activité physique. Dans un de ces cours donné par un «pelleteux de nuages», pour connaître son instrument, son corps, l'acteur en herbe, couché sur un vieux plancher de bois, devait pousser des gémissements gras et agricoles en se tenant en équilibre avec une balle de tennis sous le coccyx. Voyons donc! Ne me dites pas que c'est comme ça que Gérard Poirier a appris à jouer! Un crayon dans la bouche, peut-être, mais une balle dans le croupion, je ne crois pas!

Les autodidactes ont toujours été l'objet de préjugés. Dans *La Nausée* de Sartre, celui que le personnage principal appelle l'autodidacte tente de s'instruire en lisant tous les livres de la bibliothèque par ordre alphabétique. Il n'a jamais rien fait, jamais rien vu. C'est un naïf qui rêve d'aventure. Il n'a même pas compris l'usage d'une bibliothèque. C'est un humaniste qui ne pense pas par lui-même, radotant des maximes remâchées. Humaniste ! Il aime les hommes, oui, les jeunes, c'est un pédophile en plus..., mais ça, c'est une autre histoire. En résumé, non seulement on ne lui avait jamais rien appris, mais il s'y prend mal pour apprendre seul !

... Je devrais cesser de penser à Sartre. Je suis certaine qu'il ne s'adressait pas à mon petit moi. Je dois me rappeler que, contrairement à la téléréalité bourrée d'émules qui rassurent la plèbe en lui prouvant sa valeur par le biais de leurs similitudes, on découvre dans les livres des gens qui ne nous ressemblent pas. Dans les livres, on peut s'oublier ou prendre du recul. En attendant que le concept de la téléréalité envahisse le monde de l'édition...

* * *

Jour 59 de Cousinocracie
Comme Dieu, elle est partout

Pas moyen d'avoir la paix une seule seconde ! J'étais tranquillement assise dans la limousine des amis de *GreenPeace*, le métro, lorsque mon regard fut happé par quelque chose de brillant. Les humains sont bêtes. Il est si enfantin d'attirer leur attention. J'ai déjà vu des poissons résister plus longtemps à un hameçon tout garni. Dans le compartiment du train, un des petits tableaux publicitaires électroniques clignote : « Rencontrez les participants de *Maison en Folie* aux Galeries d'Anjou ! » C'est fort ! On a même acheté de la publicité dans le métro ! On croit qu'après une dure journée de travail, les usagers des transports en commun iront faire un petit tour au rassemblement des disciples de ma cousine et de ses semblables.

Pourquoi ? Ils se donnent en spectacle, mais ne font pas de spectacle en tant que tel. Ils ne chantent ni ne dansent. Ils ne s'adonnent même pas au *lip-sync*. Alors, pourquoi perdre temps et argent pour passer voir ces nullités en personne ? Pour obtenir un autographe ? J'ai déjà serré la main de ma cousine, et, croyez-moi, il n'y a rien là de spécial. Rien pour appeler sa mère. Elle a la menotte un peu moite et serre un peu mou de peur d'abîmer ses ongles artificiels. Elle n'a pas le charisme d'un Bill Clinton. Elle n'émet pas d'ondes positives à la Dalaï Lama. Elle n'a même pas l'éblouissante beauté d'un top-modèle. Lui serrer la pince pour quoi ? Pour avoir quelque chose à dire au bureau demain matin ? Parce que l'on croit que parler de sa propre vie n'est pas suffisant ? Qu'on n'est pas assez intéressant soi-même ? Toucher à une vedette de la télévision, donc une personne de valeur, c'est être aussi un peu allé à la télévision, et donc être une personne de valeur.

Si j'étais le moindrement mercantile, j'irais aux Galeries d'Anjou pour y vendre aux enchères la carte de Noël que la chère fille de la sœur de mon père m'a fait parvenir l'an dernier. Je sais que je trouverais facilement preneur. Ils seraient comblés ! Ils tomberaient peut-être même dans les pommes. Quelle tristesse !

Des gens prendront donc du temps, un temps précieux qu'ils auraient pu passer en famille, pour aller voir ma cousine ne rien faire dans un endroit public, plutôt que de la regarder ne rien faire au petit écran. Ça change le mal de place. Pourquoi ne tentent-ils pas de connaître les gens qui les entourent, leurs collègues de travail, leurs amis, leurs frères ? Qu'ils se rapprochent d'eux ! Qu'ils laissent tomber les étrangers du petit écran qui ne leur apportent rien et qu'ils ne connaîtront jamais vraiment.

... Qui suis-je pour parler ainsi, moi qui suis si loin de mon père ?... Au moins, je suis près de mes amis... et je travaille... je travaille à mon avancement... je lis, et je m'instruis... je fais du bénévolat. Je suis utile... Tiens. Je devrais peut-être classer les contacts avec mon père dans mon dossier « charité ». Au fond, j'aide un vieux grincheux, un vieux prématuré, à éviter la crise cardiaque en défoulant ses frustrations sur moi. Et Dieu sait que je ne suis pas payée pour ça ! Je devrais peut-être même lui faire faire une sortie en autobus jaune... aux Galeries d'Anjou.

* * *

Gérard ! Donnez-y des *peanuts* !

Qui ira reluquer ma cousine et ses clones dans les centres commerciaux comme on rend visite aux animaux d'un zoo ? Qui ne rate pas une de ses apparitions télévisuelles ? Qui est son public ? C'est la dame de Sherbrooke, de Longueuil ou de Drummondville qui a vu *Maison en Folie* annoncée dans le journal, des mois avant la première diffusion. Elle s'est sûrement dit qu'il devait s'agir d'une excellente émission à ne pas manquer puisqu'on en fait la publicité si longtemps d'avance. On en parle absolument partout : magazines, télé-horaires, journaux, télévision, métro, panneaux publicitaires, etc. Elle s'est sûrement dit qu'il devait s'agir d'une excellente émission à ne pas manquer puisqu'on a investi tant d'argent dans sa promotion.

Puis, la dame de Sherbrooke, de Longueuil ou de Drummondville a vu le producteur — je me garde bien de l'appeler « créateur » — de *Maison en Folie* à une émission culturelle sérieuse — car même les pseudo-intellos n'ont plus le droit de ne pas aimer la téléréalité —. *Maison en Folie* doit forcément être une émission tout aussi « culturelle ». Le producteur parle des participants comme de ses enfants. Alors la dame commence déjà à s'y attacher. Elle aperçoit ensuite la face de ma cousine sur un autobus et, inconsciemment, se dit que c'est celle-là qu'elle doit aimer plus fort que toutes les autres, parce que sa face est plus grosse que celles des autres sur leur affiche, parce qu'elle ressemble à sa nièce, ou parce qu'elle porte un chandail de sa couleur préférée. On habitue la dame de Sherbrooke, de Longueuil ou de Drummondville à voir les grosses faces des participants jusqu'à ce qu'elle les reconnaisse sans peine, et qu'elle se souvienne aisément de leurs prénoms. Plus on aime la saucisse, plus on en mange, plus on en mange, plus on l'aime. La dame de Sherbrooke, de Longueuil, ou de Drummondville est trop aveuglée pour s'apercevoir qu'on veut lui faire gober des vedettes préfabriquées de toutes les façons possibles, par tous les médias possibles, sous toutes les formes possibles. Parce que l'on défriche tout pour elle, la dame de Sherbrooke, de Longueuil ou de Drummondville est devenue trop paresseuse pour se trouver des héros selon leur mérite plutôt que par gavage médiatique.

Ce n'est pas totalement la faute de la dame de Sherbrooke, de Longueuil ou de Drummondville. C'est qu'à force de se faire traiter en épaisse, elle agit en épaisse. Elle se gave de saucisse jusqu'à l'infarctus, ayant oublié qu'il serait préférable pour sa santé de devenir végétarienne.

*   *   *

Vide monstrueux, grandes ambitions

Ce sont les jeunes qui regardent régulièrement *Maison en Folie* qui m'inquiètent le plus. Ils subissent inconsciemment mais certainement une influence. Cesseront-ils de lire et de faire des efforts pour réussir leurs études après avoir été témoins de la « réussite » des cancres de la trempe de ma cousine ? Concluront-ils que l'on n'a aucun besoin de consacrer du temps à des activités plus intellectuelles ? Ils voient bien qu'il suffit d'écarter sa pudeur — entre autres choses —, de se dénuder un tantinet — dans tous les sens du terme — et de « s'extravertir » pour avoir du succès. Le « succès » signifiant « être connu du plus grand nombre et que son nom soit sur toutes les lèvres, peu importe l'utilité du héros dans la société ». Soulagés d'avoir été spectateurs de la « réussite » de plus cruche qu'eux-mêmes, le cœur rempli d'espoir, se disent-ils : « Quand je serai grand, moi aussi, je serai une vedette ! » ou plutôt « Quand m'a être grand, moé tou m'a être une vedette ! » ?

Il est révolu le bon vieux temps où les enfants rêvaient à un métier, même artistique, et voulaient devenir chanteurs, acteurs ou danseurs. Aujourd'hui, ils ne veulent que la reconnaissance qui en découle, sans bûcher pour atteindre un niveau de compétence. L'autre jour, en voguant d'un canal à l'autre, je suis tombée sur une publicité pour *L'École des fans*. L'animateur demandait à un enfant :

— Qu'est-ce que tu veux faire quand tu seras grand ?

— J'veux être une star !

Cet enfant ne veut pas être chanteur ou musicien. Tout ce à quoi il aspire, c'est à la notoriété ! Le pire dans cette histoire, c'est que le diffuseur a

choisi de montrer cet extrait pour promouvoir l'é-
mission sans prendre conscience de l'horreur
d'une telle réponse.

* * *

Star. C'est ce que ma cousine est devenue. Ma
cousine est une star. La star de quoi ? La star de
qui ? Le Québec, c'est très petit. Si le but de
l'exercice n'est que la reconnaissance, pourquoi
viser si modestement ? Pour ne parler qu'à son
monde ? Pour être roi d'une maisonnette, plutôt
que valet d'un immense royaume ?

La logique des concurrents de téléréalité
souffre de sérieuses failles que ceux-ci semblent
ignorer. Ils sont ambitieux, rêveurs et mégalo-
manes, tout en demeurant solidement convaincus
de n'être nés que pour le proverbial petit pain.
Qu'ils déménagent ! S'ils veulent être des stars,
qu'ils sautent dans le premier vol pour Hollywood ! Qu'ils deviennent un produit à l'intérieur
d'un des produits des envahisseurs de la planète.
Ils pourraient ainsi être adulés par un plus grand
nombre de pauvres gens. La langue n'est même
pas un obstacle. L'anglais se parle mou, et les
noms y sont aussi des verbes. N'importe quel
singe peut l'apprendre, même avec les oreilles
bouchées.

J'aurais bien aimé être en mesure de conseiller
Toronto comme destination plutôt qu'Hollywood,
mais il n'y a pas de vedettes chez les Canadiens
anglais. Ils n'ont jamais en ondes, sur leurs

principales chaînes, que deux ou trois séries produites et écrites au Canada, et, tous les trois ans, un *talk-show* qui ne dure que six mois. Nos voisins de l'Ouest, si fiers de leur culture, regardent donc presque exclusivement la télévision états-unienne.

Et si l'on doit gâcher sa vie, ne vaut-il pas mieux être payé en dollars états-uniens ?

* * *

Jour 88 de Cousinocratie

J'ai regardé quinze minutes de *Maison en Folie*. Il ne reste plus que quelques participants. Ma cousine tient bon. J'ignore à quoi elle s'agrippe, mais elle est toujours là. Elle devrait se méfier, car nul n'est sauf à ce jeu où tous les creux et cavités sont dévoilés. Le véritable gagnant sera peut-être celui qui a subi un seul épisode de scrutation.

Je ne l'ai jamais entendue parler si mal. Pour sa défense, aussi insignifiante que soit ma cousine, il est impossible qu'elle ait dit autant de conneries dans une même journée. Le montage est tricoté serré !

* * *

Jour 102 de Cousinocratie
Atteinte à la réalité

J'ai immédiatement senti qu'il ne s'agissait pas d'un appel de mon père, puisque le téléphone ne sonnait pas à un moment inopportun. C'est un journaliste de la presse écrite ! C'est fabuleux ! Il a dû recevoir l'invitation pour notre modeste pièce de théâtre autogérée et il a envie de poser quelques questions aux comédiens. Je suis agréablement surprise, moi qui croyais que son journal s'intéressait peu au théâtre de création. Si son article peut nous aider à remplir notre petite salle, je prendrai tout le temps nécessaire pour lui répondre.

— Je suis heureux d'avoir réussi à vous rejoindre ! Je prépare une série de reportages sur *Maison en Folie*...

L'envoyé spécial ignore ce que je fais dans la vie ! Ce n'est pas moi, ni même l'œuvre que je défendrai bientôt sur scène qui l'intéresse, mais ma cousine ! Je ne sais comment il a obtenu mon numéro, mais je tente de garder mon calme et de demeurer polie.

— Je ne vois vraiment pas comment vous être utile.

— Si vous aviez des anecdotes d'enfance, des mauvais coups que vous auriez fait à l'adolescence avec votre cousine ou des histoires à son sujet qui pourraient intéresser nos lecteurs...

On fouille dans le passé de ma cousine ! Il ose même m'offrir de l'argent — pas beaucoup ; nous sommes au Québec, quand même — pour déterrer des informations croustillantes sur la comptable devenue star. Je n'ai rien à lui dire. Tout ce que je pourrais potentiellement lui raconter, c'est le coup de pelle qu'elle m'a donné par accident à l'âge de huit ans, alors que nous creusions un fort dans un banc de neige. Rien de très excitant. À ce que je sache, ma cousine n'a jamais participé à des messes sataniques ou à des films pornos dans le sous-sol de sa maison de banlieue.

Mais s'il y a quelque chose à déterrer, ils y arriveront, car les chiens sont lâchés. Ils exploreront sa relation avec ses parents, ses amis, sa cousine, la serveuse d'un restaurant où on l'a vue dîner, etc. En participant à ce gâchis, elle n'offre pas uniquement son présent en pâture, mais son passé, le mien, et un peu de notre futur, jusqu'à ce qu'on l'oublie. Qu'est-ce qui a bien pu la pousser à devenir de la chair à pâté à la téléréalité ?

Le journaliste insiste tellement que j'ai presque envie d'inventer quelque chose. Quel mensonge pourrais-je tricoter ? Qu'elle m'a déjà fait des propositions indécentes ? Ou qu'elle doit de l'argent à des usuriers ? Non. Bien que cela me défoulerait, c'est contre ma nature de faire du tort, même à la plus tarte de mes cousines. Je n'avouerai même pas au journaliste que je déteste *Maison en Folie*. Je suis parfaitement libre de désapprouver les choix de vie de ma cousine, mais en parler serait une erreur. On me haïrait, parce que personne n'a le droit de publiquement détester la téléréalité. Ma cousine patauge dans la médiocrité, et tout le monde — médias compris — applaudit. Ma cousine est comme les gens à qui elle plaît, elle est telle que ses fans aiment qu'elle soit, ils se sentiraient donc tout autant attaqués. Ne serait-ce que de révéler que je n'ai regardé qu'une infime partie de la première émission pourrait choquer.

— Vous savez, on n'habite pas la même ville et on ne se croise pratiquement jamais.

Ça fonctionne ! Il me laisse tranquille. Je raccroche, presque aussi assommée qu'après un appel de mon père.

* * *

Jour 107 de Cousinocratie

Pour moi, le jardinage est aussi bénéfique que la méditation. Pendant que je transfère ma plante la plus fragile dans un nouveau pot, je ne pense à rien d'autre qu'à l'opération délicate que j'effectue... Et c'est bien sûr à ce moment précis que sévit le téléphone.

— As-tu lu l'article d'aujourd'hui au sujet de ta cousine ?

— Bonjour ! Et non.

— C'est écœurant !

Mon père a toujours salivé sur la vie privée des vedettes, mais lorsque la vedette fait partie de la famille, il ne rit plus. L'article est pourtant anodin. On y parle de ses habitudes de vie, ses préférences, bref, tout ce dont un admirateur dérangé aurait besoin pour la suivre vingt-quatre heures sur vingt-quatre.

Ce qui met mon père dans tous ses états, c'est le témoignage du curé de la paroisse de ma cousine. J'ignorais qu'il existe toujours des curés qui connaissent leurs ouailles de vue et de nom. Celui-ci raconte comment ma cousine s'est mise à ronfler durant le *Minuit chrétien*, deux Noëls d'affilée, et comment elle ne participe jamais à la dîme. Il en avait long à dire, le curé! J'ai bien l'impression que si une horreur telle que *Presbytère en Folie* était produite, il serait le premier à se porter volontaire.

— C'est rien. Aux États-Unis, il y a des participants à des émissions de téléréalité qui avaient fait des choses bien pires que ça dans leur passé: des photos compromettantes, des crimes...

— Mon Dieu!

On dirait qu'au lieu de le rassurer, j'ai attisé son inquiétude, peut-être parce qu'il commence à se faire prendre à son propre jeu. Par exemple, lorsqu'une jeune fille (Julie Bureau), disparue depuis un an, a été retrouvée et plongée dans un grand cirque médiatique, mon père s'est fait une opinion sur les événements et sur tous les gens impliqués dans l'histoire. Il les a tous jugés de façon très sévère sans les connaître personnellement. Et si c'était la famille de ma cousine que l'on jugeait maintenant...

* * *

Jour 116 de Cousinocratie

Pas de nouvelles, bonnes nouvelles

Ma cousine a gagné *Maison en Folie*! Je n'ai pas regardé l'émission. J'aurais même pu passer quelques jours paisibles sans le savoir si je ne l'avais pas vu aux nouvelles ! On parle de ma cousine au bulletin d'information ! Elle qui ne le regarde jamais ne sera même pas témoin de l'absurdité de la chose.

C'est le lecteur des nouvelles qui doit être content de devoir momentanément taire les nouveaux développements en Irak pour annoncer la victoire d'une «téléréaliteuse», le couronnement de la reine des cancres !

*   *   *

Même la sonnerie du téléphone me semble plus puissante que d'habitude. C'est peut-être pour cette raison que je laisse tomber un peu trop brusquement dans l'évier l'assiette que je lavais. Mon père n'a jamais été aussi excité !

— Elle a gagné ! Elle a gagné !

— Félicitations !

— C'est l'fun, han ?

— ... Ah, c'est sûr !... Comme ça, elle va avoir deux maisons maintenant ?

— Deux de plus que toi ! Ha, ha ! J'ai hâte d'aller visiter ça ! On va pouvoir fouiner dans tous les racoins qu'on a vus à la télé. On y va samedi. Tu peux venir si tu veux.

Trop gentil, mais j'ai déjà vu des «racoins» filmés.

— J'peux pas. On fait des représentations supplémentaires au théâtre. T'as pas encore vu la pièce. Veux-tu que je te garde des billets pour samedi ? Tu pourrais venir après ta visite guidée.

— Tu sais bien que j'haïs ça, conduire dans une ville que j'connais pas quand il fait noir.

— On fait une matinée... j'veux dire, on donne une représentation en après-midi, si t'aimes mieux.

— Ben là, c'est trop compliqué, c'est trop d'affaires en même temps. Tu la filmeras, ta pièce, pis tu m'enverras la cassette.

Bien sûr ! Le théâtre filmé donne toujours de si touchants résultats ! Épais ! Jamais je ne lui enverrais une cassette d'un spectacle conçu pour être vu en personne ! Mais, avec mon père, vaut mieux acquiescer qu'expliquer. Encore une fois, il ne viendra pas me voir jouer. Il y a longtemps que je ne l'invitais plus. Je l'ai testé. Il a échoué à l'examen. Mais il faut toujours tenter de voir le bon côté de chaque chose : je ne me suis pas coupée en ramassant mon assiette en morceaux dans l'évier.

*   *   *

Mon père a manqué quelque chose de bon. Nous sommes très fiers de notre petite pièce de théâtre. Nous avons donné d'excellents spectacles et nous n'avons même pas perdu d'argent !

C'est ça, la vie d'acteur : ne pas viser à faire de l'argent, seulement être heureux de ne pas en perdre.

120

Jour 120 de Cousinocratie

Se montrer là où il faudrait parler

— J'voudrais remercier mon public d'avoir voté pour moé.

— D'après vous, qui est votre public ?

— ... Euh... le monde qui a voté pour moé.

— Comment se sent-on après avoir gagné *Maison en Folie* ?

— Super !

— Mais, le succès, la popularité qui arrive d'un seul coup, ça ne fait pas un peu peur ?

— J'trouve ça super !

Ma cousine est de nouveau dans mon salon *via* l'écran de pixels. Moi, sur un divan dans mon salon, elle, sur un divan de *talk-show* ! Les quinze plus longues minutes de notre vie à tous. Elle n'a rien à dire. Elle n'a rien fait dans sa vie. Après avoir rapidement épuisé le sujet des origines de ma cousine, l'animateur patine. Il constate avec effroi qu'elle ne possède même pas assez de vocabulaire pour exprimer son contentement. Il doit s'en tenir aux questions les plus simplistes. On apprend ainsi que la couleur favorite de ma cousine est le rouge, qu'elle adore le poulet frit et les magazines de mode, et que l'été est sa « plus meilleure » saison. Fascinant !

Au dernier tiers de l'entrevue, l'animateur peut enfin souffler un tantinet. Il a trouvé un filon qui enflamme ma cousine. Elle se lance dans de longues tirades s'apparentant à une liste d'épicerie : puisque sous sa nouvelle étiquette de vedette, ma cousine n'est personne, elle parle des autres vedettes qu'elle a eu l'honneur de fréquenter depuis son couronnement. Elle tente de se rendre légitime. Être en contact direct avec elles confirme qu'elle a, dorénavant, plus de valeur que la petite comptable qu'elle était. C'est profond ! Ça change des vies ! C'est beau à voir !

* * *

Il y a du service au numéro que vous avez composé

Cette semaine est une bonne semaine. J'ai quatre auditions et un tournage. C'est ça, la vie d'acteur. Rien pendant un mois, à se demander si la ligne téléphonique n'est pas défectueuse, puis tout en même temps. Ce matin est un bon matin. J'ai une audition. On m'a envoyé le texte hier soir, à la dernière minute. Cinq pages fraîchement apprises par cœur malgré le bruit émanant de chez mes voisins, et un réalisateur qui, à l'audition, demande toutes sortes de mouvements et de déplacements qui viennent brouiller les répliques, et qui s'attend à la perfection... J'ai la chance de ne pas avoir un travail d'appoint qui aurait pu m'empêcher de me concentrer sur ma préparation. Et heureusement que mon tournage et mes autres auditions ne tombent pas le même jour. C'est ça, la vie d'acteur. On se plaint que l'on ne travaille pas assez, ou que l'on travaille trop.

Et on s'attend à la perfection. Je sors de la salle d'audition plutôt satisfaite de moi-même..., mais il y a cette réplique, cette réplique pendant laquelle je n'étais pas là. J'étais dans ma tête, je n'étais pas le personnage, je n'écoutais pas. Le réalisateur s'en est-il aperçu ? L'ai-je mystifié ? C'est ça, la vie d'acteur. Être encore plus sévère avec soi-même qu'avec les autres... C'est peut-être pour ça que l'on peut se permettre d'être sévère avec les autres.

* * *

Préliminaires d'acteurs

Ce matin est un bon matin. J'ai une audition. Une deuxième audition pour un même rôle. La première était la semaine dernière. Le réalisateur était absent. Et il le sera encore aujourd'hui. Normal, c'est pour un film états-unien. Les deux petites scènes de mon personnage se passant avec la vedette, elles ont donc moins de risques d'être coupées au montage. J'espère qu'il ne s'agit pas d'une de ces vedettes états-uniennes à qui on ne peut s'adresser directement, que l'on ne peut regarder dans les yeux. La marche sur la pointe des pieds est un sport que j'exècre.

* * *

R-E-S-P-E-C-T:
Aretha Franklin est pourtant états-unienne...

Ce matin est un moins bon matin. J'ai des nouvelles au sujet de ma deuxième audition pour le film états-unien. Voici ce qui s'est passé : l'action du film se déroule à Montréal. Plusieurs des personnages importants et certains personnages secondaires sont québécois. Des acteurs québécois plus connus que moi au Québec ont auditionné pour les rôles importants. Moi, j'ai auditionné pour un rôle secondaire, étant moins connue au Québec... et ailleurs, d'ailleurs.

Mais avec grand respect, et après avoir analysé des colonnes de chiffres, les États-Uniens ont pris la sage décision de donner les rôles québécois importants à des acteurs parisiens. Une des nombreuses conséquences négatives de cette décision est que tous les acteurs d'ici ont été destitués. Une vague de merde nous a tous entraînés vers le bas. Ce sont donc les acteurs québécois connus au Québec qui héritent des petits rôles comme celui qui aurait pu être le mien. Est-ce clair ? Résultat : nous nous sentons tous minus. Je suis certaine que l'agent de *casting* ressent également un malaise.

Non, mais... L'action se passe à Montréal, et ils choisissent des Parisiens pour jouer les Québécois ! Mangez donc d'la marde ! C'est-tu assez québécois, ça, câlisse ? Que les Québécois soient mal représentés n'a aucune importance pour les États-Uniens. Nous ne sommes pas le genre à nous plaindre, et même si nous osions, nous ne sommes pas assez nombreux pour que ça compte. C'est probablement pour cette raison que cela s'est déjà produit. Notamment quand Rosanna Arquette joue une Québécoise dans *The Whole Nine Yards*!... Avec un accent serbo-croate de surcroît! Sur le plateau, son professeur de dialecte n'était même pas québécois! Mais un *frenchy*, c't'un *frenchy*, han, mononc' Sam!... Allez donc chier! Si les États-Uniens ne nous font pas jouer les Québécois, cessons d'accepter les petits rôles dans leurs gros films. Concentrons-nous sur nos propres projets, tabarnak!

Mon ancien agent n'osait jamais vendre ses artistes et nous faisait comprendre que nous avions de la chance d'être parfois autorisés à dire deux phrases dans les films états-uniens, parce que, au Québec, nous sommes nés pour un trop petit pain pour nous prendre pour Woody Allen, et que ce genre de carrière n'est pas envisageable ici. Désolée, la grosse carrière hollywoodienne n'est peut-être pas mon choix, mais j'ai le choix. J'ai le droit d'être née pour un gros pain, avec du beurre et le meilleur jambon sur le marché. C'est mon choix et mon droit, et personne ne peut me l'enlever. Je suis la seule qui ai le droit de me dire que ça ne se peut pas. J'interdis à qui que ce soit d'autre de m'interdire.

* * *

Deuxième portion d'irrespect

Ce matin est un bon matin. J'ai reçu un chèque pour un petit tournage en anglais effectué il y a huit semaines. Beaucoup de temps s'écoule avant qu'un acteur ne soit payé. Le chèque doit passer par l'Union, puis par l'agent et, souvent, les compagnies de production préparent les payes toutes les deux semaines. J'ai toujours été étonnée de voir ces gens traiter les artistes comme les employés d'une entreprise, qui, eux, reçoivent un salaire régulier leur permettant d'accumuler un «coussin».

Mon chèque est plus chétif que je ne le croyais. En plus, dans ces contrats d'émissions en anglais, une clause spéciale permet les reprises à perpétuité sans que le comédien ne perçoive un sou supplémentaire. On appelle cette clause un *buy-out*. Lorsqu'on achète pour exclure, on ne devrait pas avoir droit à un rabais, hélas... Heureusement, en français il est un peu plus difficile — mais possible — de nous avoir sur ce point. Il est étrange que les comédiens et les auteurs soient toujours les moins bien rémunérés — et dans le cas des auteurs, les moins bien traités — bien qu'ils soient le produit et la raison du produit.

On a mal orthographié mon nom sur le chèque! Quand on m'engage, si on a pris la peine de me choisir, on devrait au moins prendre la peine de ne pas faire de fautes dans mon nom! C'est tout ce que je demande. Mais comme disait Rodney Dangerfield: «*I get no respect!*»

* * *

Un ours dans la poche

Ce matin est un très bon matin. Les acteurs ont tous des réalisateurs fétiches avec qui ils rêvent de travailler. Avec un peu de chance, et beaucoup de travail acharné, un rêve peut parfois se réaliser. Mardi dernier, j'ai passé l'audition des auditions pour un des rôles principaux dans le prochain film du réalisateur dont le nom est en haut de ma liste ! J'ai tout donné. J'ai réussi à utiliser ma nervosité dans la scène. Il a eu l'air ravi. Il m'a dit avec enthousiasme que son personnage est exactement moi ! Et ça a cliqué entre nous, on s'est compris. Je n'ai pas l'habitude de vendre la peau de l'ours avant de l'avoir tué, mais je sens que c'est dans la poche.

* * *

Jour 137 de Cousinocratie

Mon ordinateur accomplit toutes sortes de tâches compliquées : traitement de texte, dessin, montage vidéo, etc. Mais mon ordinateur ne garde pas l'heure, mission que même une montre d'un magasin à un dollar sait accomplir. J'ai décidé que non seulement j'allais régler l'heure, mais j'allais tenter de trouver le *bug* pour que cela ne se reproduise plus jamais. Alors que je suis à une étape cruciale, à un poil de crier «Euréka ! », le téléphone sonne. Mon père a une autre grande nouvelle, une grosse nouvelle.

— Ta cousine va avoir le rôle principal dans le nouveau film de...

J'ai la certitude d'avoir fait une syncope. Le rôle de mes rêves, mon rôle, avec le réalisateur de mes rêves, sera interprété par nulle autre que ma nulle cousine ! J'ai auditionné comme une championne, comme celle à qui on devrait offrir le rôle, mais c'est à ma cousine qu'on en a fait cadeau, et ce, sans audition !

— Ben, ils voulaient des professionnels.

— Je suis quoi, moi ?

— Je veux dire, du monde qui a fait des choses.

— S'il y a quelqu'un qui n'a pas peur du travail et qui a un CV rempli, c'est bien moi !

— Je veux dire... des choses à la télé... du monde connu.

Faire comprendre à mon père que l'on peut être connu sans être professionnel et professionnel sans être connu serait vain, surtout en prenant ma cousine et moi en exemple.

Mais pourquoi m'a-t-on fait auditionner, alors ? Pourquoi a-t-on gaspillé mon temps, mes efforts et mes espoirs, si c'est pour cracher dessus ? Voulait-on explorer le personnage avec quelqu'un d'autre pour ensuite offrir mes trouvailles à une amateure à qui on tentera d'apprendre à imiter, faute d'être capable de créer ?

* * *

Me coupe l'herbe sous le pied,
la roule et la fume

Je n'éprouve aucune rancune envers ma cousine. On lui offre un rôle, elle l'accepte. On lui affirme qu'elle a du talent, elle le croit. On lui jure que la place lui appartient, elle la prend. Mais j'ignore ce qui adviendra de moi et de mes semblables. Le professionnalisme et le zèle devraient être grassement récompensés. Quelqu'un devrait nous rassurer, nous assurer que tout n'a pas été vain. Nous, les comédiens de métier, qui confirmera, qui validera notre talent ? Qui nous donnera enfin la place qui nous revient ? Qui nous offrira les rôles pour lesquels nous auditionnons, le cœur rempli d'espoir ?

La partie cruciale et cruelle de l'histoire est que ma cousine n'a pas auditionné ! On lui a offert le rôle tout cuit après un *screen test* symbolique. Une histoire de compagnie de production, d'associés et de brassage d'argent. Et la rumeur dit que le rôle sera simplifié, réduit, ajusté au talent de ma cousine. On aurait même ajouté un narrateur afin qu'il explique ce qu'elle est incapable de vivre à l'écran. C'est le réalisateur qui doit être content ! Vive l'art ! Vive l'art libre !

* * *

Futures poussières

À long terme, ma cousine et ses semblables ne seront plus rien. Mais dans l'immédiat, ils m'enlèvent certainement quelques possibilités de travail. L'effet de nouveauté, de curiosité, et la popularité des « téléréaliteux » sont très éphémères. Une fois la diffusion de l'émission terminée, après avoir prouvé lors d'autres projets qu'ils n'avaient aucun talent véritable, ils disparaîtront. Ils ne demeureront dans l'industrie qu'une année ou deux, trois s'ils étaient particulièrement beaux. Ma cousine et les cancres de la même fournée ne m'enlèveront donc mon gagne-pain que pendant une courte période.

Mais, pour le moment, la téléréalité continue à sévir. Chaque année, on produit d'autres produits, identiques à ma cousine. On en usine d'autres et encore d'autres, comme des Twinkies. On les vide de leur centre crémeux, pour mieux les remplir de mousse aux gras trans. Ils se succèdent et se remplacent à une vitesse folle, ne laissant jamais, à la fin de chaque cycle, ces places si limitées revenant de droit aux vrais artistes. Puisqu'une nouvelle flopée est toujours disponible, le défrichement de mon travail est constant. Les « téléréaliteux » sont des criminels récidivistes. Ils volent à répétition, sans conscience, sans scrupules et sans remords.

*　　*　　*

Vraie pudeur

Les artistes doivent-ils, eux aussi, vendre leur âme pour avoir le droit de pratiquer leur métier ? Comment éviter la question ? Ma cousine et ses congénères sont récompensés parce qu'ils se laissent filmer dans une intimité factice. Leur seule valeur, aux yeux de ceux pour qui cela vaut quelque chose, est de n'avoir aucune pudeur, valeur commerciale s'il en est une, apparemment.

Je ne pourrai jamais comprendre, ou du moins compatir. Les personnes impudiques me mettent mal à l'aise. Est-ce ma timidité, ma discrétion, ou mon attachement aux anciennes valeurs qui me rendent pudique ? Même dans une loge de théâtre, je me fais discrète lorsque vient le temps de changer de costume. Et même lors de petites fêtes bien arrosées, je me garde bien de raconter ma vie personnelle en détail à qui que ce soit. Je ne peux pas. Certaines choses n'appartiennent qu'à moi. Je me fais ce cadeau. Je vaux bien ça. Je ne prendrai jamais le chemin de ma cousine. C'est trop cher payé.

* * *

Ma cousine ne connaîtra jamais la fierté d'avoir mérité ce qui lui arrive. Mais aux innocents les mains pleines ! Le bonheur aux stupides, aux inconscients !

Une partie de moi est révoltée par ce que ma cousine ramasse, mais j'ai un grand cœur, et une autre partie de moi prend les «téléréaliteux» en pitié. Car même si l'un des participants s'avérait avoir étudié dans le domaine artistique dans une école reconnue avant son passage dans une émission de téléréalité, cela n'aurait aucune importance. Il serait mis dans le même panier que les autres. Ce ne serait pas à l'avantage de *Maison en Folie* que de laisser croire qu'un participant aurait «réussi» grâce à des facteurs extérieurs ou antérieurs.

On préfère que l'émission constitue l'unique facteur de réussite des participants. Personne n'est donc mis au courant des crédits légitimes de certains. Mais, les gens sérieux et respectables du milieu ne voudront jamais de quelqu'un qu'ils croient être un plouc parmi les ploucs. L'étiquette de plouc est encore plus difficile à décoller que le prix sur la vaisselle des magasins à rayons. Malheureusement, on leur promet beaucoup d'argent, et même les gens sérieux et respectables sont susceptibles d'avoir faim.

*   *   *

Jour 146 de Cousinocratie

Formidable! Il ne m'a pas oubliée, et je ne suis pas folle: j'avais effectivement été plus qu'adéquate lors de l'audition. Mon agent m'annonce que le réalisateur de mes rêves m'offre un rôle. Minuscule, mais un rôle. Pas celui pour lequel j'avais auditionné, mais un rôle tout de même. Je n'aurai heureusement pas de scènes avec ma cousine et ne la verrai donc pas massacrer le personnage que j'aurais dû jouer. J'ose espérer qu'elle ne sera pas au courant de ma présence sur le plateau.

*   *   *

Jour 162 de Cousinocratie

Le tournage avec le réalisateur de mes rêves s'est plutôt bien déroulé. Mon petit rôle était savoureux bien que trop bref, et le réalisateur semble plus que satisfait de ma performance. Je n'ai pas pensé à ma cousine. On ne semble pas deviner de lien de parenté entre nous, on ne m'en parle pas. Alors que j'ignorais encore si elle avait été informée de mon bref passage sur le plateau, j'ai dû passer devant sa loge en rapportant mon costume. Rien. Aucun mouvement. Ouf!

C'est dans la roulotte de la costumière que j'ai eu la vilaine surprise de voir sa grosse face trop maquillée. Elle m'a regardée droit dans les yeux, puis a fait semblant de ne pas me reconnaître et a continué sa conversation avec les gens des costumes, m'ignorant totalement. J'avoue être quelque peu irritée, mais c'est peut-être mieux ainsi : nous n'avons rien à nous dire.

À mon retour à la maison, j'avais un message de ma cousine sur mon répondeur :

— ... ben t'sais, faudrait quand même pas qu'on m'voye avec des figurants !...

Figurante ! Moi ? Je n'ai pas fait de figuration pour amasser mes crédits de l'Union des artistes, et ce n'est pas maintenant que je commencerai !

*   *   *

Jour 370 de Cousinocratie

Le film du réalisateur de mes rêves sort cette semaine. On a eu la charité de m'inviter à la première, mais je ne serai pas de la partie. On a également eu la charité de m'avertir que mon beau petit rôle savoureux, ma brève apparition, a dû être coupé au montage, question de minutage, apparemment. Alors, pourquoi irais-je me pavaner dans une robe qui coûterait probablement plus cher que mon salaire pour ce rôle ? Pour me faire snober par ma cousine une fois de plus ?

Je n'aime pas les premières, les photographes qui poussent pour accéder à la vedette, les minauderies, et les poignées de main molles pendant que les yeux sont ailleurs à scruter l'horizon au cas où il se trouverait à proximité une main plus importante à serrer. Si j'étais à l'écran, peut-être ferais-je un effort pour me présenter à la première, mais sans un échantillon de mon travail pour me légitimer, je préfère rester chez moi.

*   *   *

Jour 381 de Cousinocratie

Faire un succès commercial d'un film qui aurait pu être bon si l'actrice principale était une actrice, si on n'avait pas eu à modifier le scénario à cause de son incompétence, si le réalisateur pouvait en parler avec fierté, si, si, si... coûte très cher. La grosse face de ma cousine est partout, même sur les immeubles de vingt étages.

Je n'ai pas vu le film et je ne le verrai pas, j'en ai assez vu. J'en ai assez. J'en sais assez. Je sais qu'on a fait de ce film un véhicule pour ma cousine, un véhicule usagé, avec une crevaison et de la rouille qui transperce déjà la peinture neuve. Un véhicule pour ma cousine, dans l'espoir, au voyage du retour, de la voir remplir le coffre de profits. Comment le réalisateur a-t-il pu accepter pareille abomination ? L'a-t-on mis au pied du mur ? Avait-il si soif d'argent ? Si tel était le cas, son pari est perdu, car même si plusieurs critiques ont été muselés parce que les médias pour lesquels ils travaillent font partie du même conglomérat que les producteurs de *Maison en Folie* et du film, le public n'est pas dupe — enfin, pas cette fois —. On tente de sauver les meubles à coups de publicité, d'entrevues et de séances d'autographes, séances où il y a plus de curieux que dans les salles de cinéma. On organise même des « premières » dans plusieurs villes du Québec bien après la sortie officielle du film. Mais pour mousser, pour faire mousser, il faut à la base quelque chose qui fasse des bulles.

Avant que la grosse face de ma cousine ne reste imprimée de façon permanente sur ma rétine, je me suis enfermée chez moi, sans journaux, le téléviseur débranché, avec un bon livre dont l'histoire se déroule à une autre époque, pour être bien certaine que rien ne m'y fera penser.

J'avais réussi à me transporter dans un autre monde depuis dix délicieuses minutes... Bien sûr, ce fut une erreur de calcul de ma part que d'oublier d'arracher le fil du téléphone de sa prise puisque je semble incapable de m'empêcher de répondre lorsqu'il sonne. Mon père sera à la première du film dans lequel ma cousine massacre le rôle que j'aurais dû jouer, et il est convaincu que je devrais y être aussi. Moi, pas. Si je ne suis pas allée me pavaner à la vraie première, je ne vois pas pourquoi je me ferais suer en autobus pour assister à celle donnée dans la petite ville où mon père habite.

— T'es jalouse !

C'est la réplique favorite de mon père en ce qui concerne les produits culturels qu'il adopte. Encore une fois, je me sens régresser au temps de ma petite enfance lorsque Céline Dion chantait pour le pape à la télé. J'ai toujours détesté les ballades, je suis faite comme ça. Céline Dion fait presque exclusivement des ballades. Je n'aime donc pas ce que fait Céline Dion, ce qui n'enlève rien à sa valeur. Cela ne change pas le fait qu'elle possède une voix juste et puissante. Mais ce n'est tout simplement pas mon genre de musique. Je suis certaine que Céline elle-même comprendrait. Mais dans ma famille, on n'a pas le droit de ne pas aimer quelqu'un qui connaît un succès commercial. Pas le droit de ne pas aimer... Que dis-je ! Pas le droit de ne pas aduler Céline Dion. Et pour m'inciter à abonder dans leur sens, on a toujours utilisé la pire méthode : la comparaison.

— Céline fait de l'argent, elle ! Elle travaille fort, elle !

— Elle a lâché l'école à treize ans, elle ! Fais-lui faire une dictée, à elle, et on s'en reparlera.

— T'es jalouse !

— Non !

Ça ne se passait réellement pas à ce niveau-là. Je me câlissais de savoir où la colombe était partie ! Je me câlissais du pape ! Nous n'étions même pas pratiquants. Moi, j'aimais Nina Hagen et Leena Lovitch. Mais mon père ne les connaissait pas, donc, elles étaient de la merde.

Je ne suis pas jalouse de ma cousine, je suis déçue qu'on ait donné mon rôle à une « télé-réaliteuse » : nuance ! Je n'irai pas rejoindre mon père à la je-ne-sais-plus-combientième première. Et je me garde bien de lui révéler que j'avais la chance d'assister à la grande première. Il me croira folle et voudra me faire soigner.

*　*　*

Girly girl

En voyageant à l'aide de mon pouce d'un canal à l'autre, entre le *Téléjournal* et *Jeopardy*, je tombe sur devinez qui. Dans une publicité lourdaude, ma cousine en robe moulante vante les mérites d'un nouveau rouge à lèvres comme s'il l'avait guérie du cancer. Elle n'est pas naturelle pour deux sous et récite son texte comme si on était en train de lui frapper la tête avec un annuaire téléphonique. C'est peut-être pour cette raison qu'elle parle très peu. On a consacré la majorité des trente secondes du message à des images de ma cousine qui virevolte au ralenti, pendant que la voix d'un annonceur décrit en quoi cet enduit à babines est différent des autres enduits à babines sur le marché. Je trouve cette publicité suggérant qu'une femme sans rouge à lèvres n'est qu'une moitié de femme franchement sexiste. Ma cousine, elle, y semble très à l'aise. Pas surprenant, puisqu'elle est la seule « vraie fille » que j'aie jamais rencontrée.

J'en surprendrai peut-être quelques-uns, et j'en choquerai certainement plusieurs, en avouant que je ne suis pas une « vraie fille ». Je ne parle pas ici de ma génétique ni de mon physique, qui font incontestablement de moi une femme. Je parle de l'image, l'enveloppe commerciale, la figuration simple, l'idée que l'on semble se faire de la femme dans les médias.

L'événement à l'origine de mon questionnement s'est déroulé l'an dernier : alors que j'avais particulièrement faim, j'ai accepté à contrecœur d'auditionner pour une publicité de shampooing d'une marque très connue. Le concept n'est pas nouveau et pas très original ; un savant collage d'entrevues « improvisées », pendant lesquelles de « vraies filles » décrivent l'état de leurs cheveux et de leur âme. L'audition, qui n'en est pas une, comporte quelques questions :

— Comment décrirais-tu la texture de ton cheveu ?

— Mes cheveux sont fins... mais pas gentils.

Tout le monde rit un peu, d'un rire qui veut dire que l'agent de *casting* à Montréal trouve ça drôle, mais qu'à Toronto, le client restera de glace.

— Comment te sens-tu quand t'as vraiment réussi ta coiffure un matin ?

— Euh... J'ai pas vraiment de « coiffure ». Je démêle mes cheveux, et s'il ne reste pas de nœuds, je suis plutôt satisfaite et je cesse d'étudier la question pour le reste de la journée... À bien y penser, même si un nœud résistait, j'y songerais probablement pas davantage.

J'ai même osé avouer ne pas me souvenir de la date de ma dernière visite chez le coiffeur ! Bref, je n'ai rien dit de ce qu'ils voulaient entendre. Inutile de préciser que mon manque d'intérêt m'a fait louper le rôle. Je n'ai prononcé aucune parole de « vraie fille ». Aucune ne me venait à l'esprit. Et cette fois, pas une de mes savantes improvisations ne s'est retrouvée à l'écran.

Je ne suis donc pas cette « vraie fille » dont on parle partout dans les médias. Personnellement, je ne comprends rien aux personnages de *Sex & the City* et à leurs vies compliquées. Je n'ai rien en commun avec Bridget Jones. J'ignore ce qu'est un régime. Je fais de l'exercice par pur plaisir. J'ai déjà été célibataire plusieurs années durant, sans pour autant être assaillie par un sentiment d'inachèvement. Je n'achète de nouveaux vêtements que lorsqu'ils sont usés. Je prends dix minutes pour me préparer le matin. Quinze si j'ai une audition. À l'adolescence, pour sauver quelques secondes, je ne me démaquillais même pas avant d'aller me coucher — en passant, il est faux que cette pratique soit dévastatrice pour la peau. Ce n'est là qu'une légende, un mythe créé par de gourmands manufacturiers. Non. Le vieux maquillage agit plutôt telle une croûte protectrice, un blindage contre les intempéries, un abri Tempo facial, et c'est ce qui expliquerait mon air d'adolescente.

Mais, peut-être parce que l'on croit qu'il n'en existe pas d'autres variétés, on me catégorise toujours, et automatiquement, en vraie fille, avant même de me connaître, moi, l'émule de Bob Vila, qui déniche régulièrement des trésors à la quincaillerie les yeux fermés. On m'offre des conseils d'ordre informatique, financier ou géographique, sans que je les aie demandés. Je ne suis sur ces points aucunement dans le besoin. On présume que je prendrai du temps et du retard pour une question de mise en plis, de mascara ou de transfert de sac à main. Lorsque j'arrive à l'heure, en mentionnant un événement que j'ai lu dans le journal, j'ai l'impression de surprendre au point de décevoir. Je déstabilise. La solidité, ça dérange. Je n'ai jamais compris ce que j'avais de si bizarre puisque toutes mes amies sont exactement comme moi. Alors, où sont ces « vraies filles » ? Qui les a inventées ?

Je commençais à sérieusement douter de leur existence, lorsque le 14 août 2003 à 13 h 07, ma cousine, que je n'avais pas revue depuis l'adolescence, me montra la vraie fille qui dormait en elle d'un sommeil très léger.

Invitées au mariage d'un autre cousin, ma cousine et moi nous rendons à Kingston, en Ontario. Comme l'endroit n'est pas particulièrement excitant, nous avons la brillante idée d'inviter notre propre divertissement : nos amoureux, qui acceptent généreusement de s'emmerder trois longues journées avec nous. Le 14 août 2003... c'est la grande panne de courant nord-américaine.

La journée ontarienne typique m'a toujours paru longue, mais une journée ontarienne dans le noir : interminable ! Avec une « vraie fille » de surcroît : ma cousine, en chair et en os, et en fond de teint. J'ai un choc. Ma cousine est *legally blond*, sans le côté futé. Lorsque, à la réception de l'hôtel, on nous informe de l'ampleur de la panne d'électricité, j'avoue avoir cru, pendant quelques secondes, à un attentat terroriste. Puis je propose d'aller acheter des provisions à pied, puisque les restaurants sont fermés et que les pompes à essence sont électriques. Ma cousine panique ! Sa première pensée, qu'elle partage avec nous sans la moindre honte, est la suivante :

— Comment j'vais faire pour me brancher le séchoir ? J'vais avoir tous les cheveux, t'sé comme, genre... n'importe quoi !

Et nous voilà doublement dans la grande noirceur ! Je tente de la rassurer en lui rappelant que personne n'aura de séchoir et que nous aurons tous les cheveux genre « n'importe quoi ». Je lui propose une casquette et un élastique. Puisqu'elle n'a pas les oreilles décollées, je ne vois honnêtement pas où est le problème. Elle proteste jusqu'à ce que son amoureux lui promette de ne pas la prendre en photo. J'arrive mal à comprendre son désarroi, puisque le contenu de ses deux grosses valises, pour ce voyage de trois jours, aurait dû parer à toute éventualité. Quant à moi, je demeure d'un calme exemplaire malgré la maigreur de mon unique petit bagage.

Durant le week-end, je pratique l'écoute sélective, alors que ma cousine, telle une guenon cherchant un pou, trouve mon premier cheveu blanc. Elle me conseille sur les mesures à prendre et s'inquiète de l'absence d'effroi de ma part. Je suis perplexe. Pourquoi faudrait-il que je m'énerve ? Le cheveu blanc aurait-il davantage tendance à boucher les tuyaux ? Elle me complimente sur la courbe de mes sourcils, que je n'ai pourtant jamais épilés de ma vie. Pleine de bonnes intentions, elle me tend la carte de visite de son esthéticienne favorite, puis apprend avec horreur que je n'en ai jamais consulté, et que ce n'est pas demain la veille. Je refuse de croire qu'une formation d'un an dans un institut de beauté est nécessaire pour être en mesure d'épiler une jambe... même deux !

Dès le retour de l'électricité et de la vie moderne, je branche vaillamment mon ordinateur portatif pour écrire un peu. Mais ma cousine rêve de magasinage... Nous sommes à Kingston, royaume de la «quétainerie» ontarienne ! Mais elle a soif de «tâtage de guenilles». Ces mêmes guenilles sont pourtant disponibles chez nous dans un plus vaste choix de couleurs et de styles. Elle insiste et supplie en battant les cils de façon adorablement agaçante. Apparemment, le magasinage est un péché qui ne se commet qu'en équipe. Puisque nos hommes font la file pour un plein d'essence, je me prête au jeu, par compassion. Je prends la chose comme une expérience scientifique. Après tout, il s'agit là de ma première occasion d'observer, tel un chercheur, une « vraie fille » dans son habitat naturel :

Le sujet essaie tout, parade et semble avide de commentaires. Puis, le sujet élabore rapidement un plan d'action : user de subterfuge pour ramener le sujet mâle dans certaines boutiques stratégiquement choisies. Après des analyses plus poussées, il est constaté que c'est la carte de crédit du mâle qui est convoitée. Le sujet féminin a pourtant accès à sa propre source de revenus. Des études plus approfondies seront nécessaires à la compréhension du phénomène. Un traitement médical est indiqué.

Si ces quelques jours avec ma cousine m'ont tant marquée, c'est que de toute ma vie je n'avais aperçu de « vraies filles » qu'au petit et grand écran. En réalité, l'exception, c'est ma cousine, pas moi. Si elle représentait la norme, la planète aurait depuis longtemps cessé de tourner.

... Sont-ce ces touchants souvenirs de voyage que j'aurais dû raconter à ce journaliste il y a plusieurs mois déjà ?

*   *   *

Les décideurs de la compagnie de shampooing ont tout de même réussi à dénicher cinq ou six filles comme ma cousine pour jouer dans leur publicité. Peut-être étaient-elles des comédiennes qui, ayant encore plus faim que moi, ont accepté de faire semblant.

Pourquoi continuer à nous répéter des différences tellement plus majeures dans la fiction que dans la réalité ? Les hommes sont comme ci, les femmes sont comme ça, Mars, Vénus, et tout le tralala. Jeunes et vieux se laissent endoctriner par la *psycho-pop. Fuck you*, John Gray ! *Fuck you*, Dʳ Phil ! Je suis en tous points pareille à un homme. J'ai les mêmes peurs, les mêmes espoirs, les mêmes envies, les mêmes ambitions, et je porte le même pantalon.

*   *   *

J'ai reçu un appel de mon amoureux qui me prie d'aller le rejoindre dans un magasin et d'apporter ma carte de crédit.

*   *   *

Si la « vraie fille » n'est que fictive ou rarissime, pourquoi les publicités de produits pour les cheveux ou de rouge à lèvres comme celui de ma cousine ne s'adressent-elles qu'aux *girly girls* ? Ne font-ils pas de *focus groups* ? Si oui, les composent-ils uniquement de femmes qui s'abreuvent de leurs âneries depuis tant d'années qu'elles en ont le cerveau lavé, propre propre comme leurs cheveux ? Demandent-ils aux gens comme moi leur avis ? Chose certaine, ils en auraient pour leur argent.

— Dans lequel de ces messages notre logo vous paraît-il le plus évident ?

— Ça m'importe peu. Je n'achète jamais pour la marque.

— Qui aimeriez-vous voir agir en tant que porte-parole de notre marque ?

— Si vous engagez une star, est-ce que vous devez rehausser le prix de votre produit ?... Est-ce que ça en augmente l'efficacité ?... À moins que vous ne commenciez à tester vos produits sur les stars plutôt que sur les animaux, là, j'approuve !

Attention : les publicités s'adressent à des gens au cerveau aussi conditionné que leurs cheveux. Des gobe-tout.

* * *

Jour 410 de Cousinocratie

Vendue au quotidien

Elle arbore un sourire blanchi à l'ordinateur et figé de peur. Ma cousine rit, mais ses yeux sont morts. Je ne m'attendais pas à la voir. Je tournais innocemment la page d'un quotidien, et sa grosse face m'est apparue. Sa grosse face devant une grosse voiture sur une grosse page complète, au bas de laquelle le prix est écrit, suivi de multiples conditions que l'on doit lire à la loupe. Ma cousine vend des chars à son public. Je n'en fais pas partie. Je jette le journal dans mon bac de récupération, là où devrait échouer tôt ou tard ma cousine et tout le concept de la téléréalité... à moins qu'on ne la pousse dans une poubelle.

* * *

Jour 445 de Cousinocratie

Elle me sourit de nouveau, cette fois, en mouvement. Elle envahit mon écran de télévision et me vante, de sa diction molle et vaseuse, les mérites d'une boisson gazeuse. Si ma cousine en boit, la population du Québec tout entier devrait en boire. Je n'ai pas soif de ça. J'éteins mon téléviseur.

* * *

Irrécupérable

Pendant que je marche sur de longues distances chaque jour et que j'attends l'autobus même par les plus grands froids d'hiver, pendant que je fais tremper mes bouteilles pour en décoller les étiquettes avant de les déposer dans mon bac de récupération — les bouteilles et les étiquettes —, pendant que je me renseigne avant d'acquérir, que je n'achète que québécois ou recyclé, que je ne mange que naturel et local, ma cousine annonce des produits polluants, cancérigènes et graisseux, enfantés par de grandes entreprises états-uniennes.

On ne pourra jamais m'accuser d'avoir détruit un arbre pour rien ou d'avoir fait coudre mes vêtements par de petits bébés affamés du tiers-monde. Je n'encourage pas l'exploitation des enfants et je ne les empoisonne pas. Je n'utilise que des savons et des produits nettoyants biodégradables que je fabrique moi-même pour la plupart. Rien ne se perd chez moi. Je ne m'adonne jamais au gaspillage. Je suis très fière de ne jamais avoir mis les pieds dans un Wal Mart, temple de ma cousine à son époque comptable. Il est possible d'économiser sans acheter de l'états-unien fabriqué au tiers-monde. Mais cela demande des efforts, du temps, une réflexion.

Pendant que, pour la cinquième fois, je fais réparer ma seule paire de bottes, elle fait ajouter des tablettes dans son *walk-in closet* pour y ranger sa collection de chaussures digne d'Imelda Marcos.

Cela dit, je ne suis pas parfaite. J'avoue déroger parfois à mes propres règles. Par exemple, mon système de filtration d'eau a été conçu à l'étranger. Oui, je l'avoue, si je bois bon, si je bois frais, c'est grâce à un ingénieur allemand. Mais, au moins, je ne suis pas comme ma cousine qui, grâce à la téléréalité, possède une maison deux fois plus grande que sa précédente, ce qui l'incite à dilapider deux fois plus de ressources, en rinçant quotidiennement son immense entrée de garage à grande eau, comme elle le faisait pour l'ancienne.

Je m'arrache le cul avec du papier de toilette recyclé, pendant qu'elle se torche de façon royale au détriment de la planète et aux frais de la princesse. Là encore, je dois m'avouer imparfaite. Le traumatisme infantile causé par mon père m'empêche... en fait, je refuse catégoriquement de compter les carrés de papier hygiénique!

Ma cousine jette des vêtements parce qu'elle les a mis une fois à l'écran, pendant que je rapièce mon jean par nécessité, non pour lui donner du style.

C'est pour cette ingrate et ses futurs enfants qui seront élevés dans l'égoïsme le plus profond que je sauve la planète? Je travaille à rendre ce monde meilleur. Je rince mon «cannage»! Je fais des efforts, moi! C'est toujours pareil! Des gens comme moi doivent se priver pour sauver une planète que des gens comme ma cousine continuent allègrement de saccager.

*   *   *

Jour 501 de Cousinocratie

Pour éviter la grosse face de ma cousine en première page de tous les magazines placés près des caisses à la pharmacie, j'ai pris l'habitude de payer mes achats, mes rouleaux de papier hygiénique recyclé dont je refuse de compter les carrés, au comptoir des cosmétiques. Pas de chance ! Entre l'étalage des parfums de Britney Spears et Liz Taylor, un clone cartonné de ma cousine m'annonce l'arrivée de sa nouvelle fragrance. Moi qui ne pouvais déjà plus la sentir — elle me fait faire de mauvais jeux de mots —. C'est révulsant ! Si l'argent poussait dans les arbres, ce sont leurs bourgeons qui seraient broyés pour fabriquer le sent-bon de ma cousine. Vais-je avoir à me sauver en courant avec mes vingt-quatre rouleaux de papier hygiénique en spécial vers la caisse du comptoir des prescriptions ? J'en profiterai pour me faire conseiller un bon antidépresseur, tiens.

* * *

Jour 506 de Cousinocratie

Où il y a de la gêne, il n'y a pas de profits !

Ma cousine, chroniqueuse-télé ? On aura tout vu ! Celle qui ne s'est jamais formé une opinion sur quoi que ce soit conseille dorénavant les autres dans le cadre d'une émission matinale. Fort judicieusement, on ne lui a pas confié un sujet trop lourd pour ses frêles cellules : la beauté. Mais, même là, elle en arrache. Elle ne sait pas où regarder, elle ne sait pas quoi dire en dehors du texte qu'on lui a écrit — parce qu'elle ne prépare pas ses chroniques elle-même. J'ai vérifié — elle ne prononce qu'une syllabe sur deux, et des «...rais» suivent tous ses «si».

... Oh ! Mais, c'est qu'on est pratique ! On en profite pour parler de son parfum mourant dont les ventes dégringolent ! L'odeur de vénalité écorche même les narines de ses plus grandes admiratrices. Rien ne saurait néanmoins empêcher ma cousine de brandir à répétition la bouteille de son parfum à l'écran. Elle continue le combat. Où il y a de la gêne, il n'y a pas de profits ! J'ai envie de vomir.

* * *

Jour 527 de Cousinocratie

Non ! Non ! Non ! Ma cousine a maintenant sa propre *sitcom* !

L'action se déroule dans un bureau. On jurerait qu'elle n'a jamais mis les pieds dans pareil endroit ! Cela devrait pourtant être exactement comme filmer un animal dans son habitat naturel. Mais quand s'ajoutent les notions de jeu, de textes appris par cœur et de *timing*, l'animal agonise. On voit qu'elle tente de faire ce qu'elle croit qui doit être fait dans une *sitcom*. En plus de ne pas savoir jouer, elle imite mal ceux qui savent... Même venant de quelqu'un qui imite bien, la reproduction est un plat immangeable. Personnellement, j'ai toujours ressenti un malaise face aux imitateurs qui imitent des humoristes, reprenant même leurs textes mot pour mot. Et qu'on achète un billet pour aller voir le spectacle de l'imitateur plutôt que celui de l'humoriste imité, même lorsque le prix est identique, et même lorsque la copie coûte plus cher, dépasse l'entendement.

Et ma cousine a une *sitcom*! Et on lui demande de jouer une dirigeante d'entreprise. On donne un rôle de femme de tête à une *girly girl*. C'est drôle pour les mauvaises raisons. C'est mauvais pour les bonnes raisons. C'est à moi que les *sitcoms* devraient être offertes. Je suis comique, moi. C'est bien connu... pour ceux qui me connaissent... c'est-à-dire pas grand-monde.

* * *

Venez voir les bouffons!

Malgré son évidente médiocrité, ma cousine a accès aux meilleurs conseillers, aux plus grands réalisateurs, aux plus belles scènes, et elle demeure insupportablement mauvaise. Malgré son évidente médiocrité, les critiques ont apparemment eu ordre de ne pas complètement et personnellement l'écorcher. Le consensus est:

— C'est pas si mal pour une fille qui n'avait jamais fait ça avant!

Parfait! Et si demain matin, je tentais de piloter un avion, tout simplement parce que j'en avais envie, et que je ne réussissais même pas à le faire décoller du sol, ne le faisant rouler que sur quelques mètres sans tuer personne, le monde de l'aviation trouverait-il cela pas si mal pour une fille qui n'avait jamais fait ça avant? Et si demain matin, on me permettait de compétitionner aux

Olympiques, au cent mètres papillon, me laissant impunément changer de couloir, prendre le double du temps et noyer deux concurrents au passage, l'équipe olympique de natation m'accueillerait-elle à bras ouverts ? Pourquoi est-ce différent pour les comédiens ? C'est un métier !

*   *   *

Gangrène de la rétine

Pour nettoyer mes verres de contact, je me suis fiée aux mêmes produits pendant dix ans. Quatre produits différents dans quatre contenants distincts : une solution nettoyante, une solution désinfectante et une solution neutralisante, sans oublier les petites pilules « décrassantes ». Jamais une infection. Aucun problème. Le rituel de nettoyage de lentilles était interminable, mais chaque geste avait son importance, et j'étais en confiance.

Cette ligne de produits n'étant plus en vente, mon optométriste m'a recommandé quelque chose de nouveau qu'il jugeait donc meilleur. Aujourd'hui, je n'ai qu'un seul produit qui fait tout. Comment puis-je avoir confiance en un produit trop beau pour être vrai ? Comment peut-il être aussi fiable que ma bonne vieille combinaison de produits spécialement conçus pour chaque étape de nettoyage ? En un an, j'ai fait trois infections et je suis passée à un cil de la conjonctivite. Je ne me sens plus l'œil neutralisé du tout.

Le même problème réside chez les gens comme ma cousine. On veut me la vendre comme étant un produit qui fait tout. C'est pratiquement impossible. Une ou deux fonctions professionnelles au maximum peuvent être accomplies avec brio par un être humain normalement constitué. Ma cousine est une excellente comptable, et je crois qu'elle aurait pu être maquilleuse, mais pas en même temps. Malheureusement, ma cousine est une comédienne à côté de qui Madonna passerait pour Julianne Moore. Ma cousine est impropre à l'animation, et ses chroniques abrutissent. Quant à moi, je suis une excellente comédienne, et on m'a dit que je n'écrivais pas mal du tout, mais je ne fais jamais les deux à la fois. Je serais bien embarrassée de cuisiner sans un livre de recettes, je ne connais rien à la mode, et je ne tente rien qui pourrait rendre abruti.

Ma cousine est une excellente comptable. Je suis une excellente comédienne. Nous sommes de vieux produits qui n'ont qu'une spécialité. Qui ne font qu'une seule chose bien à la fois... J'ai mal à la rétine.

*   *   *

Jour 542 de Cousinocratie

Être porte-parole d'un organisme de charité permet à ma cousine de refaire la ronde des *talk-shows* pour reparler de sa puante fragrance et de son insupportable *sitcom*. Quelle brillante idée ! Il est évident qu'en ce qui concerne la charité, on lui a fait apprendre un petit boniment par cœur, elle qui ne croit en rien. Ma sainte cousine peut s'égratigner les amygdales à dire le contraire, mais elle n'est là que pour une cause : la sienne.

Ça me brûle ! Moi qui depuis des années fais du bénévolat au moins une journée par semaine, moi qui m'implique dans la communauté, dans mon quartier, moi qui ai des causes à défendre, aucune tribune ne m'est offerte. Pour me faire entendre, je dois créer moi-même les événements, mais je n'ai pas d'argent. Je n'ai pas de voix.

* * *

Jour 566 de Cousinocratie

Partout ! Ma cousine est plus que jamais « mur à mur » ! C'est officiel, et les journalistes l'ont su avant moi, avant mon père même : ma cousine deviendra bientôt l'heureuse épouse d'une vedette, d'un chanteur pour qui j'éprouvais du respect. Oui, le respect se conjugue ici au passé. Il est beaucoup plus âgé qu'elle... beaucoup plus riche également.

Pourquoi ce couple s'est-il formé ? Qu'est-ce qui a poussé ma cousine à jeter son dévolu sur un vieux monsieur qui pourrait être son père... ou, est-ce justement pour ça ? Et lui ? N'est-il qu'un pauvre homme aveuglé par son goût de viande fraîche ? Cela lui coûtera cher, j'en suis convaincue.

* * *

Jour 580 de Cousinocratie

Je suis presque surprise d'avoir été invitée au mariage. Mais qu'est-ce que le succès si on ne peut l'étaler devant ceux que l'on croit moins fortunés que soi ? C'est sûrement pour cette raison que le chapiteau où se déroule la cérémonie, dressé derrière l'immense domaine du chanteur, est tapissé de caméras. Je suis soulagée d'avoir eu l'heureuse idée de marier chapeau et verres fumés à mes discrets habits d'apparat.

En tapinois, j'observe l'échange des vœux et des anneaux. L'affectation des places a sûrement été déterminée par ma cousine : la famille à l'arrière, les vedettes à l'avant. Mon père, convaincu que les vedettes sont beaucoup plus hautes que nous dans l'échelle d'importance, n'y voit rien de mal. Quant à moi, il m'est au moins plus aisé d'éviter les caméras à partir de mon siège du fond.

Aucun des vrais acteurs de sa *sitcom* ne sont ici. Ils se trouvaient probablement dans une situation financière trop précaire pour refuser de jouer dans la même émission qu'elle, mais ne seront jamais assez putes pour prétendre être ses amis. On aperçoit de moins en moins ma cousine dans chaque épisode. On ne peut même plus dire que son personnage soit principal. Elle éprouve sûrement du mal à accepter que l'on ait adapté son rôle à ses compétences.

Mais aujourd'hui, ma cousine est resplendissante, dans le sens post-nucléaire du terme : elle s'est fait faire des mèches... ou plutôt, des strates.

155

Noces de plastique

Après la cérémonie religieuse, qui, à mon avis, tenait davantage du cirque médiatique, la fête se poursuit à l'intérieur, sans les journalistes — merci, mon Dieu ! — Habituellement, j'aime bien les mariages ; l'ambiance y est joyeuse, on y revoit des gens que l'on n'avait pas croisés depuis belle lurette, et on y danse n'importe comment sur n'importe quelle musique. Mais il ne s'agit pas ici de ce genre de mariage. C'est du sérieux et du luxueux. Les gens que j'aurais peut-être été heureuse de revoir n'ont d'yeux et de conversation que pour les vedettes, et je ne crois pas que n'importe quelle danse soit admise. Je demeure donc assise à une table située dans un coin reculé, attendant qu'il soit assez tard pour partir poliment. Heureusement, mon amoureux m'accompagne.

Alors qu'il est presque assez tard pour s'arracher du supplice, ma cousine s'avance vers notre table d'un pas décidé, en compagnie d'un de ses anciens acolytes de *Maison en Folie*, que je crois reconnaître comme étant l'imbécile qui récitait du Shakespeare à sa poupée gonflable. Ma cousine me le présente de façon plus qu'indélicate.

— ... Il serait un bon parti pour toé !

L'art de créer un malaise ! Elle sait pourtant parfaitement bien que je file le parfait bonheur avec le même amoureux depuis trois ans. Elle l'a déjà rencontré, et à moins qu'elle ne soit devenue physiquement aveugle, elle ne peut pas faire autrement que de le voir, assis à mes côtés. Je le lui présente de nouveau, de même qu'au « téléréaliteux » qui détaille mon amoureux de haut en bas avant de pousser un soupir snob et d'arborer un sourire en coin qui donne envie de frapper. Il empoigne ensuite brusquement et grossièrement ma main avant de l'embrasser. J'aurais dû porter des gants ! Cet insignifiant qui croit être quelqu'un est convaincu d'avoir plus de valeur que mon amoureux, et il me fait un baise-main avec l'air de me signifier que je devrais me sentir privilégiée. À ce moment, je me souviens que ma dernière activité avant de quitter mon appartement a été de faire la vaisselle. J'espère que mes mains puent encore le caoutchouc ! J'ignore si c'est l'odeur des gants à vaisselle ou le regard intense de mon amoureux, mais le « téléréaliteux » opte enfin pour faire demi-tour. Ma cousine, qui n'a pas senti le caoutchouc depuis longtemps, pense me rendre service et me demande avec un clin d'œil :

— Donne-moé ta carte d'affaires, il va t'appeler.

— Tu vois bien que je suis avec mon chum, et ça va très bien, merci.

— Donne-moé ta carte pareil, on sait jamais.

— J'ai pas de cartes.

— T'as pas de cartes d'affaires ?

Pour ma cousine, la vie est un concours qu'elle veut gagner à n'importe quel prix, surtout en apparence. Je prends les moyens nécessaires pour fermer la parenthèse :

— J'ai un agent. S'il faut que je me mette à distribuer des cartes de visite en plus !...

Sur un ton qui laisse entendre que la distribution de cartes de visite est un geste que seul un sous-humain, un prolétaire, s'abaisse à accomplir lui-même.

Mon plan fonctionne ! Elle n'a d'autre choix que de changer de sujet. À voir son air, je pressens que sa corbeille à papier sera bientôt remplie de ses cartes de visite. Mais elle retrouve rapidement son aplomb.

— Tu savais-tu que ma biographie va sortir dans pas grand-temps ?

Sa biographie ? J'ai besoin de toutes mes forces pour ne pas lui éclater de rire en pleine grosse face. Qu'écrit-on au sujet d'une personne dans la jeune vingtaine ? Et naturellement, elle ne l'écrira pas elle-même, c'est à se demander si elle sait lire... J'exagère, il est possible qu'elle ait déjà feuilleté un photo-roman. Elle est gonflée comme une poule et décide alors de profiter de l'occasion pour me proposer, avec condescendance, une offre qu'elle croit alléchante.

— J'pourrais te pluguer pour d'la figuration dans mon sitcogne ! ... Ouain... ça serait peut-être mieux de te mettre en arrière-scène, ou l'assistante de quelqu'un. Comme ça, tu verrais comment qu'ça marche quand ça marche. Ça t'inspirerait peut-être. Pis ça doit être plus l'fun, certain, que c'que tu fais de c'temps-là.

— Mais non. Actuellement, je fais du théâtre.

— Ah ? Ton père m'a dit que t'avais tout lâché ça, vu que t'avais pas été capable de percer à la tévé, pis que ç'avait pas d'bon sens d'être tout l'temps cassée de même.

— Je souhaite pas nécessairement faire plus de télé juste pour faire plus de télé. Ce qu'il faudrait, c'est que le théâtre paie davantage, qu'on soit capable de vivre plus décemment dans tous les sens du terme, sans crever de faim. Et s'il me faut me prostituer pour travailler à la télé, ça ne m'intéresse pas.

— Y'a d'autres rôles que des putes, voyons donc ! Pis, ça marche pas d'même, là. J'comprends juste pas comment que ça s'fait que tu choisis pas de faire juste plus de tévé ?

Si être respectée de ma cousine était la seule façon d'obtenir le respect du reste de ma famille, ces moutons qui suivent automatiquement son mouvement, c'est gâché. Je dois apprendre à ne plus tenter de lui expliquer la vraie vie et le vrai art, c'est inutile. Elle vit sur une autre planète, dans une galaxie lointaine. Je dois me retenir, sourire et hocher de la tête, comme avec mon père.

Sûrement parce qu'elle sent que je ne lui ferai plus obstacle, ma cousine se lance alors dans une longue tirade truffée de fréquentes allusions à des personnalités connues, toujours dans le but de m'impressionner. Je ne doute pas que plusieurs vedettes soient de chics personnes fort agréables à côtoyer, mais se servir de leurs noms comme monnaie d'échange contre l'intérêt d'autrui me dégoûte. Que penseraient les stars en question si elles savaient que ma cousine les utilise comme appâts ? La commère réalisera-t-elle un jour qu'elle devrait cesser de ne compter que sur le *name dropping* ? Je suis la preuve que cela ne fonctionne pas toujours avec tous, et je ne suis certainement pas la seule ni la dernière qui soit écœurée. Certains de ses potins ne sont pas très gentils et je ne carbure pas à ça. Je n'ai rien à faire des informations dont elle me bombarde, des noms de vedettes qu'elle me garroche comme de la viande crue à un chien de garde. Je n'ai absolument rien contre les stars, mais je m'en fiche un peu, j'en ai même un tantinet pitié. Je n'ai pas besoin de connaître leurs secrets pour me sentir privilégiée.

Une « téléréaliteuse » interrompt le monologue de ma cousine en la prenant par le bras pour l'entraîner vers une pièce où un groupe d'invités triés sur le volet peuvent consommer quelques substances qui les aideront à atteindre un état second. Dans sa grandeur d'âme, ma cousine m'offre de les suivre, puis se moque de moi parce que je ne suis apparemment pas cool. On se croirait dans une cour d'école. Non, je ne consomme aucune drogue. C'est que je travaille à bâtir ma vie, pas à m'en évader.

*   *   *

Néant

J'ai une poussière, ou un cil, ou quelque chose entre ma cornée et ma lentille. Alors que je tente de déterminer l'origine du corps étranger qui me fait pleurer d'un seul œil, le téléphone sonne. C'est mon père. Pour une fois, sa manie de me faire de la peine pourrait m'être utile en permettant à de plus grandes larmes de rincer ma lentille.

— C'était beau le mariage de ta cousine, han ?

Il fallait bien qu'il me rappelle pour m'en parler, puisque, sur place, trop occupé à se faire prendre en photo avec des gens qu'il admire davantage que moi, il ne m'a presque pas adressé la parole. Il est de bonne humeur. Je ne devrais peut-être pas gâter les choses en osant une question, mais c'est plus fort que moi.

— Comment ça se fait que ma cousine croyait que j'avais laissé tomber mon métier ?

— Ben, chaque fois que je disais à du monde que t'es comédienne, ils me demandaient toujours dans quelle émission ils pouvaient te voir. Je savais pas quoi leur dire, t'es jamais dans rien. Ça fait que, maintenant, je leur dis que tu travailles dans un bureau, mais que j'me souviens pas de ton titre compliqué. Comme ça, ils pensent que tu fais quelque chose, pis y a pas de questions embarrassantes.

— J'suis pas une comédienne qui est dans rien ! Je suis une comédienne de théâtre ! C'est pas rien, ça !

Mon père préfère que les gens pensent que je fais quelque chose d'abstrait mais bureautique, plutôt que de leur avouer que je suis comédienne, mais pas vedette ! Il a honte de moi ! Il ne voit pas d'autre issue pour la comédienne : c'est le vedettariat ou la mort. Et les flots de chagrin entraînent définitivement la poussière hors de mon orbite. C'est maintenant des deux yeux que je pleure.

* * *

Jour 593 de Cousinocratie

Ma cousine est enceinte ! C'est tapissé partout ! Elle l'a dit à tout le monde, et ils l'ont écrit. Elle partage son embryon avec le peuple. Quelle générosité ! Je vois déjà le cirque : comme pour son mariage, elle fera filmer chacun de ses accouchements et vendra des DVD. Ensuite, elle nourrira ses futurs obèses de bouffe aux hormones et de sucettes glacées chimiques, en se disant que ces produits sont sûrement bons pour eux puisque qu'ils sont de marque connue. Elle leur achètera des vêtements de designers, cousus par des enfants encore plus jeunes qu'eux dans des pays du tiers-monde. Elle leur apprendra à consommer et à continuer à détruire leur planète, planète que j'aurai dorénavant à partager avec eux.

Et parce que ici, aux yeux distraits de l'industrie, une vedette est toujours enceinte pendant cinq ans, elle pourra reprocher l'essoufflement de sa carrière à ses enfants, qui seront éternellement hantés par le sentiment d'être de trop. Mais, dans les magazines, on prévoit déjà que ma cousine sera une mère exemplaire. Je vous épargne la description de l'état dans lequel je suis lorsque mon téléphone sonne :

— Quand est-ce que tu vas me faire des petits-enfants ? Si après trois ans, ton chum t'a pas encore demandée en mariage, c'est peut-être le temps de passer à autre chose ? Ta cousine pourrait te présenter quelqu'un. J'sais pas si une vedette voudrait sortir avec quelqu'un qui est pas dans le milieu, mais...

Pas dans le milieu ! J'ai envie de crier ! Et je suis très heureuse avec mon amoureux. Je n'ai pas besoin d'un bout de papier pour me confirmer qu'il m'aime vraiment. Et ai-je le droit d'avoir une horloge biologique silencieuse ? Pourquoi mettre un enfant au monde pour mettre un enfant au monde ? Pour diminuer les risques de cancer du sein ? Pour me pondre un bâton de vieillesse ? Mon père n'a pas le droit de juger mes choix de vie, mais il le prend.

* * *

Jour 600 de Cousinocratie

Ma cousine s'est acheté un château ! Un encore plus gros château. On en parle même au *Téléjournal*. Elle ne le décorera même pas elle-même. Son chez-soi peut être artificiel, l'important, c'est que ça impressionne. Et de voir la maison de ma cousine dans un magazine de décoration impressionne les gens comme mon père. Mon petit appartement est encore plus minable à ses yeux.

* * *

Le tapage des tartes

J'ai un texte à apprendre par cœur pour une audition et j'ai faim de silence, mais mon petit appartement est au milieu d'autres petits appartements où d'autres êtres humains vivent, des êtres humains qui ont de moins en moins de respect pour leurs voisins, des êtres humains qui ont dû acquérir leurs notions de respect en regardant la téléréalité.

Pourquoi est-ce moi qui dois me couper du monde en portant des écouteurs qui n'enterrent même pas le bruit des talons hauts de mes voisines sur leur plancher, mon plafond, alors que ce sont elles qui devraient être punies ? Pourquoi n'ai-je pas droit au respect de la part de mes voisins ? Pourquoi ma cousine a-t-elle droit au silence dans sa grande maison, elle qui a toujours été en quête de bruit ?

Mes fenêtres font face à la ruelle. Les soirs de pleine lune, on peut voir les *junkies* s'y piquer. Ah, mes doux réveils au son des camions de livraison ! Le fin parfum des camions à ordures ! Dans la ruelle se dresse un grand arbre tout sec. Un sac de plastique est accroché à sa cime, j'ignore depuis quand. J'habite ici depuis deux ans, et il s'y trouvait déjà. Combien de temps un sac de plastique prend-il à se biodégrader ? J'ai la nette impression que je ne vivrai pas assez longtemps pour constater sa disparition. Je suis certaine que si on arrivait à le décrocher aujourd'hui, il pourrait encore supporter le poids d'un litre de lait et d'une douzaine de boîtes de conserve sans percer. Ironique, puisque qu'il s'agit du même genre de sac qui fait crier tous les mots de la Bible aux clients de l'épicerie. Lorsqu'on veut qu'ils durent, ils crèvent dans nos mains. Lorsqu'on veut qu'ils disparaissent, ils nous narguent à travers la fenêtre. Je me fais rire de moi par un sac d'épicerie. Il est mon aide-mémoire quotidien. Il me rappelle qu'il me faut prendre soin de mon environnement. Mais il se moque de moi, puisque j'ai beau nettoyer mon appartement, aussitôt que j'ouvre les rideaux et que j'aperçois le déchet dans l'arbre, j'ai l'impression que même mon intérieur semble en désordre. Il m'est de plus en plus difficile d'apercevoir de belles choses, ma vue étant obstruée. Je dois me répéter que si l'envie me prend de planifier une tournée de six mois en Europe, mon petit chez-moi ne me coûtera pas beaucoup plus cher qu'un entreposage..., mais ce sac, c'est le mépris en plastique.

Je dois apprendre ce texte par cœur pour faire une bonne audition qui me permettra peut-être de décrocher un beau rôle qui sera peut-être suffisamment bien payé pour déménager dans une maison où je pourrai tranquillement apprendre mes textes par cœur, mais je ne peux apprendre mon texte par cœur avec ce bruit... et ce sac qui me nargue, qui me rappelle que je n'en ferai jamais assez.

* * *

Jour 604 de Cousinocratie

Mon radio-réveille-matin fait son travail afin que je puisse faire le mien : auditionner. C'est la voix de ma cousine crachée par mon appareil qui me pousse brusquement et définitivement hors du lit. Elle est invitée ce matin pour parler de sa défunte *sitcom*. Elle a perdu sa *sitcom* ! Pas si mauvais ce réveil, finalement !

... Je ne suis pas très fière de moi. Je ne souhaitais pas de mal à ma cousine. Mais si le mal lui arrive...

* * *

Jour 630 de Cousinocratie

Ma cousine a vendu sa fausse couche aux journaux, pour ensuite leur crier qu'on la laisse tranquille. Mon père m'a dit qu'elle souffre, qu'elle se sent harcelée. Je n'ai pas tenté de lui expliquer qu'un plus un égale deux. On ne peut pas laisser entrer la terre entière chez soi pour se plaindre ensuite de ne jamais être seule. Je n'envie pas ma cousine, et, honnêtement, je ne lui souhaitais pas de mal, vraiment... mais si le mal lui arrive... Non... non, je ne lui souhaitais pas de mal. Personne ne mérite un événement aussi douloureux... Mais ne vaut-il pas mieux qu'aucun enfant ne soit élevé par elle dans son système de valeurs ?

* * *

Jour 729 de Cousinocratie

La guerre des étoiles

Divorce ! Mon père est tellement déçu, c'en est presque attendrissant. Mais comment peut-on être surpris que deux personnes unies devant Dieu et les médias finissent par se détester après seulement quelques maigres semaines de fréquentations ?

Les procédures sont complexes et infernales. Chaque coup bas des deux parties est imprimé en grosses lettres dans les journaux à potins. Ma cousine divorce avec encore plus d'éclat qu'elle ne s'est mariée. Elle préfère pleurer à la télévision que dans une maison qui n'est plus la sienne, elle qui en possédait deux il n'y a pas si longtemps.

* * *

6 jours post-Cousinocratie

J'avoue que je ne m'attendais pas du tout à entendre la voix de ma cousine dans l'interphone. Lorsque je lui ai ouvert la porte de mon appartement, j'avais encore peine à le croire.

— Ah ! C'est icitte que tu restes ? C'est dans ça que tu vis, toé !

Je n'aime pas le ton qu'elle emprunte, mais je laisse passer. Je laisse encore passer. Je laisse trop souvent passer. Polie, je joue en finesse. Je suis une bonne hôtesse.

— Est-ce que je peux t'offrir un verre d'eau, un jus?

— T'as pas du Pepsi, du Coke, genre?

— T'as pas vu *The Corporation*?

— Quessé?

Que me prend-il? Bien sûr que non! Pourquoi aurait-elle visionné une telle œuvre?

— C'est un excellent documentaire qui incite à réagir contre les grandes multinationales qui tentent de prendre le contrôle de la planète.

— Ah, ouain? Mais quessé que ça vient faire avec si j'ai soif?

Je soupire en lui versant un verre de jus, ignorant toujours la raison de sa visite chez moi.

— S'cuse-moé pour la figuration l'autre fois. J'te jure que j't'aurais appelée si j'aurais pas eu de *bad-luck* avec mon sitcogne.

Son offre, faite bien avant que les enregistrements de sa *sitcom* ne soient terminés, fut doublement insultante, parce que, en plus de me trimballer une carotte pourrie devant le nez, elle ne me l'a jamais tendue. Mais ma cousine semble avoir besoin de se faire pardonner.

— C'est pas grave. De toute façon, je ne fais jamais de figuration.

Elle comprend la phrase dans le mauvais sens, mais le résultat est le même : elle a dorénavant la conscience tranquille. Après avoir pris une gorgée de jus et grimacé parce qu'il est sans sucre, ma cousine me laisse entrevoir la raison de sa visite : elle veut devenir mon amie. Apparemment, je suis le seul membre de la famille qui ne lui a jamais quêté d'argent et qui n'a jamais changé d'attitude malgré son « succès ».

Ma cousine se pince, et cela lui fait mal, car elle est financièrement revenue en arrière de son point de départ, plus pauvre qu'une comptable, parce que les avocats d'une vedette coûtent cher, et que se battre pour obtenir la moitié de la fortune de plus riche que soi peut rapidement laisser sans le sou. Comme ma cousine n'a plus de chiffres à mettre dans des colonnes bien droites pour quantifier son bonheur, elle croit judicieux de gaspiller mon temps et brûler deux ou trois de ses cellules pour analyser mon rapport à l'argent.

— Peut-être que t'as jamais de *cash* parce que tu t'es toujours dit que les vrais artisses sont pauvres.

Bon. Ma cousine a lu un résumé de *Les lois dynamiques de la prospérité* et croit que cela lui donne le droit et la compétence nécessaires pour disséquer mon subconscient ! ... Oh et puis, pourquoi la contredire ?

— Ça doit être ça.

Puis elle bifurque et mène la conversation dans une direction à laquelle je ne m'attendais vraiment pas :

— Me donnerais-tu ton *one-woman show* ?

— Euh... Qu'est-ce que... tu veux, mon spectacle solo ?

— Ben oui ! Tu t'en sers pus d'abord ? Pis tu l'avais joué dans des tellement p'tites salles qu'y a quasiment personne qui l'a vu. Moi-même, j'm'en souviens même pas, genre !

Elle ne s'en souvient plus ! Elle l'a vu, mais ne l'a pas écouté et n'a rien compris. Tout ce qu'elle sait, c'est que j'ai obtenu d'excellentes critiques, qu'elle a un urgent besoin d'un véhicule, et que plus personne ne veut lui pondre un concept. Elle n'a rien à dire, et les gens comme elle croient que les idées s'achètent, même comme dans le cas présent, à crédit. Mais il n'y a pas assez d'argent et d'or dans l'Univers entier pour que j'accepte de mettre mes mots soigneusement choisis dans son grossier orifice buccal. Sans avoir à broder le moindre mensonge, j'entreprends d'expliquer à ma cousine pourquoi mon spectacle solo n'est pas pour elle : mon spectacle est trop politique ; elle se mettrait peut-être des gens à dos. Il lui faut du sans couleur, sans saveur, édulcoré pour ne blesser personne.

— On a juste à tout ôter les affaires politiques.

Ne se rend-elle pas compte que les trois quarts de mon spectacle étaient politiques ? J'imagine mal ma cousine en train de réciter mon numéro sur l'excision. Il faudrait avant tout lui en expliquer la signification, autant la définition du dictionnaire que le sens du geste sur le plan médical et sociogéo-politique. Moi qui croyais que mon numéro sur l'égalité salariale était déjà trop complexe pour sa petite tête... Je me souviens d'une phrase qu'elle m'avait un jour lancé à ce sujet :

— Les celles qui sont pas contentes ont rien qu'à se marier !

Mais ma cousine ne se décourage pas trop et insiste pour que je lui écrive un spectacle humoristique sur les relations homme-femme, comme si n'importe qui pouvait s'improviser auteur de *stand-up* et humoriste !

— Mais j'veux pas un spectacle trop féminisse, là.

Sa vision du féminisme est tellement à l'antipode de la mienne que j'ai peine à entrevoir un résultat qui la satisferait. Mais elle ne lâche pas le morceau. D'après elle, je n'ai qu'à réécrire certaines parties de mon spectacle pour l'adapter aux « goûts du jour ». Elle ponctue son explication par d'horribles exemples : mon numéro de l'employée d'usine qui parle de ses conditions de travail deviendrait le numéro d'une danseuse qui parle de son gagne-pain en se dandinant sur une *pole* ! À son avis d'experte, il faudrait remplacer le monologue sur l'excision par un sketch pendant lequel elle mangerait un cornet de crème glacée en parlant de ses orgasmes, ou orgasmerait en mangeant un cornet, je ne sais plus, ça s'embrouille.

Elle m'en parle comme si c'était déjà fait. Je me sens violée. Il est impératif que mon nom ne soit jamais associé à pareille merde. Pour me rassurer, elle ose me révéler que, de toute façon, elle avait comme projet de tout simplement prendre mon matériel en retirant mon nom, parce que mon nom n'est apparemment pas vendeur. Je suis soulagée et insultée à la fois. Elle a l'audace de vouloir me voler impunément et n'a jamais eu la moindre intention de rendre à César ce qui est à César. Jamais je n'écrirai pour une vermine comme elle.

En rinçant son verre de jus encore plein, je m'aperçois que l'épais nuage de parfum que laisse derrière elle ma cousine n'est même pas le sien... Elle ne porte même pas sa propre marque. Comme tout le reste du cosmos, elle a dû se rendre à l'évidence : sa fragrance empeste.

*　*　*

24 jours post-Cousinocratie

On subit moins souvent la grosse face de ma cousine. En vérité, je ne l'ai pas vue depuis plusieurs jours. Il était temps que cela cesse, car je commençais à regretter de ne jamais avoir vu sa photo sur une des pintes de lait de notre enfance, avec toutes les autres photos d'enfants disparus. Au plus fort de la cousine-mania, je me surprenais à souhaiter qu'elle se fasse renverser par un autobus à son effigie.

*　*　*

Je croyais que c'était bel et bien terminé. Je croyais que même la dame de Sherbrooke, de Longueuil ou de Drummondville en avait assez de sa grosse face. Mais après avoir aidé le cancre à s'en sortir, il n'y a rien comme le spectacle d'une étoile qui s'écrase. Et tous savent maintenant qu'elle s'écrasera sans le coussin qui l'aurait jadis protégée. Oui. Quelqu'un a vendu sa liposuccion aux journaux. Les petites grosses sont en deuil. Leur mentor, l'ex-petite-grosse, avait triché.

Mais il y a pire. Ma cousine a eu la brillante idée d'aller faire un petit tour chez son ex pour le menacer avec les morceaux tranchants d'un des vases qu'elle aurait voulu garder après le divorce, mais qu'elle a préféré casser sur le plancher de marbre du vieux. Pauvre vieux ! S'il avait su que la viande fraîche rendait malade à ce point, il aurait opté pour le tofu.

À l'arrêt d'autobus, un homme tient un journal dont la première page est remplie de la grosse face de ma cousine qui déborde presque. En passant devant la fenêtre d'une maison, j'aperçois encore cette grosse face sur l'écran d'un téléviseur géant. J'accélère le pas pour échapper aux bribes de conversation des passants, qui n'ont que l'histoire de ma cousine sur les lèvres. Je saute dans un taxi.

— Avez-vous entendu parler de ça ?

Il augmente le volume de la radio et rit des mésaventures de ma cousine. La dame de

Sherbrooke, de Longueuil ou de Drummondville est outrée et n'a pas peur de le crier à un animateur de ligne ouverte.

J'arrive enfin chez moi !... Est-ce un mirage ? Je me frotte les yeux comme le font les personnages de bandes dessinées lorsqu'ils ne sont pas certains de ce qu'ils ont devant eux... Non ! C'est bien ma cousine qui m'attend, avec sa valise.

— Fallait que j'trouve une place où j'avais aucune chance de tomber sur un journalisse.

Le choix est évident ! Pourquoi les médias s'intéresseraient-ils à moi ? Comme je ne suis pas du genre à laisser les chiens abandonnés mourir dehors, je l'invite à me suivre à l'intérieur. Elle s'assoit entre ma fenêtre et moi, et derrière sa grosse face, le sac de plastique toujours accroché dans l'arbre de la ruelle me nargue. Elle est détruite. Son parfum sent la faillite, et comme son contrat avec les gens de *Maison en Folie* est terminé, on est moins doux avec elle dans les journaux du conglomérat. Elle commence à prendre conscience de la vraie réalité. On l'a fait mousser, elle doit se rincer toute seule.

— J'voulais pas y faire mal, j'voulais juste y faire peur pour qu'il m'aide un peu. C'est pas d'ma faute ! Y est comme eux autres. C'est toute une ostie de gang de menteurs ! T'sais, après *Maison en Folie*, ils m'ont promis plein d'affaires, mais là, ils donnent tout à la niaiseuse qui vient de gagner cette année. Moé, je m'étais même pas plaint quand ils gardaient des bouts de l'émission où j'avais eu l'air épaisse. Je m'étais dit qu'à la fin de mon contrat avec eux autres, j'pourrais me faire négocier quelque chose d'écœurant. Pis là, ils retournent même pus mes appels, les tabarnaks! C'est comme que si j'aurais jamais existé... Aie! Faut que j'trouve quelque chose de bon à dire aux journaux.

— T'en as assez dit aux journaux, tu trouves pas? Tu leur as tout dit. On repompe pas une carrière avec des coups d'éclat. Vaut mieux rester tranquille.

— Je leur ai tout donné! Pourquoi ça marche pus? Pourquoi le monde me suit pus? Tous des osties de visages à deux faces! Ils votent pour moé, pis après ils viennent même pas voir mon film, pis ils regardent même pas mon sitcogne.

— Les gens à la maison, le public, étaient habitués de te voir, toi, dans ton intimité. Comment veux-tu leur faire croire à un autre personnage? Comment veux-tu qu'ils reculent quand ils sont allés si loin dans ta vie privée, dans l'impression de te connaître? Pourquoi tu penses que dans le temps, à Hollywood, ils empêchaient les vedettes de révéler leurs mariages? Tu peux pas les faire rêver, tu leur as tout montré.

Et, comme il n'y avait pas grand-chose à montrer, il ne reste plus rien.

— Ah, j'comprends rien! C'est pas juste! Moé, j'ai toujours voulu être une vedette, pis j'ai autant le droit que les autres que ça continusse!

— C'est pour ça que ça dure pas, tu t'y prends à l'envers. J'me souviens de la journée où j'ai décidé de devenir comédienne : c'est quand j'ai vu Sylvie Drapeau jouer le rôle de Bérénice dans la pièce de Racine. Je crois que c'était à l'Espace Go ou quelque chose comme ça, un petit théâtre où les spectateurs sont proches proches. Je ne la voyais pas travailler. Elle était Bérénice. C'était Bérénice qui vivait, qui parlait, qui suait. C'est en regardant Sylvie Drapeau qu'on apprend ce qu'est jouer. Je voulais entrer dans la peau de différents personnages, comme elle. Je me suis pas dit «Wow, une vedette !». Tu vois à quoi tu réduis ça ?

— Ben, entécas, peut-être que toé tu m'trouves à l'envers, mais ton agent, lui, il m'trouve bonne. Il m'a signée la semaine passée.

Et moi qui croyais avoir un bon agent !

— Je l'trouve pas ben fort, par exemple. Il m'a rien trouvé encore. Mais bon, en attendant d'rencontrer mieux...

Ma cousine ne semble pas se rendre compte que l'époque de sa célébrité est déjà révolue, et qu'il est faux de croire que tout le monde a droit à la longévité sans avoir travaillé. Le meilleur agent de la galaxie ne peut revendre ce qu'on a jeté à la poubelle.

— As-tu pensé à ce que tu vas faire ? Parce que c'est un peu petit ici...

— Ben là, fais-toé-z-en pas. J'me vois mal rester sur ton p'tit futon. J'vais en avoir d'autres émissions. J'lâcherai pas comme que toé t'as fait. Aie, t'as fait d'la peine à ton père, toé.

— J'ai jamais lâché.

— Ben là, si c'est vrai, ça veut dire que t'essaies, mais qu'ils te prennent jamais. Comment tu fais, toé, pour vivre sans jamais être choisie ?

...

On ne retrouva jamais le corps de ma cousine.

* * *

Bon coup, mauvais rêves

Depuis trois nuits, je refais le même cauchemar : on se tourne vers moi. Mon père déclare aux policiers que j'ai toujours été jalouse de ma cousine. Je peux compter sur mon géniteur pour me faciliter la vie ! On me questionne, mais on n'a aucune preuve, et je suis une excellente comédienne. On cesse bientôt de me harceler, mais l'histoire ne veut pas mourir.

Dans les médias, on s'interroge. Qui aurait bien pu faire le coup ? On a bien quelques idées, mais on revient toujours à moi. Suivent reportages et débats. Un livre, et un film basé sur le livre, raconte mon supposé crime, et c'est une « télé-réaliteuse » qui joue mon rôle ! — jouer est un bien grand mot. Ma photo est partout, pour les mauvaises raisons. Nulle part on ne mentionne que j'ai du talent, que j'ai de la valeur, que j'ai des valeurs, que je suis comédienne et qu'elle m'a tout volé. Je ne suis plus que celle qui aurait tué sa cousine.

Je deviens célèbre pour les mauvaises raisons, comme ma cousine. Et on ne parle de moi qu'en rapport avec elle. Elle a gagné. Je ne serai toujours que la cousine d'une cousine que l'on juge être plus importante que moi. On me prend chaque jour en photo, on me reconnaît pour les mauvaises raisons, comme ma cousine. Dans mon rêve, les droits de la personne n'existent plus, et la diffamation est le sport favori de tout individu désirant faire une piastre.

Je ne peux pas rester dans le cirque. Je dois changer de nom, de pays et de langue. Je prends rapidement leur accent ; je suis une excellente comédienne. Mais, pour éviter de me faire remarquer, je dois devenir comptable, trésorière du nirvana. Les États-Uniens ont beaucoup de bonheur en forme de chiffres à mettre en colonnes bien droites, de façon ordonnée, qui indiquent clairement leur valeur en tant qu'êtres humains. C'est mon père qui serait fier de moi ! Mais je ne lui laisse ni mon numéro de téléphone ni mon nom. On me croit ailleurs, n'importe où sauf là, et on ne pensera jamais m'y chercher. Je suis assurée de n'être jamais retrouvée.

Jusqu'au jour où une dame de Sherbrooke, de Longueuil ou de Drummondville en vacances chez son beau-frère me croise dans une épicerie états-unienne. Elle crie au meurtre, et bien que je demeure figée, le gardien de sécurité, armé jusqu'aux dents, me tire dessus à bout portant.

Je me réveille en sueur au milieu de la nuit et dois jouer à *Jeopardy* dans Internet pour rincer de mon cerveau ces horribles pensées.

* * *

Étude de carcasse

Un corps empesé et jeté à l'eau est toujours repêché. Un corps emmuré dans le double fond d'une armoire devient toujours malodorant. Un corps enterré dans un sous-sol est toujours retrouvé lors de rénovations. Les glacières et les vieux frigos ne sont pas des cercueils, et y jeter ma cousine aurait été une insulte pour toutes les dindes et les jambons qui auraient pu y loger.

J'ai bien une amie traiteuse à qui j'aurais pu fournir de la viande à fourrer dans ses sandwiches. Ma cousine aurait été digérée par ceux qui l'avaient gobée. Mais j'ai beau avoir vu le film *Delicatessen* trois fois, j'ignore toujours comment dépecer une carcasse. Et puis, je n'avais pas très envie de souiller ma cuisinette.

Je n'aurais pas détesté accomplir un geste symbolique, comme de réunir le corps à sa cellulite jadis « liposuccionnée ». Mais j'aurais été étonnée de trouver un simple contenant à déchets biologiques derrière la clinique de son chirurgien. Ou permettre aux animaux du zoo, ses semblables, de la dévorer. Mais cela tient du pur cannibalisme et laisse des os. Quelques années plus tôt, j'aurais pu la jeter dans le trou creusé près de Berri et De Maisonneuve, sous les fondations de la Grande Bibliothèque du Québec. Elle aurait ainsi vraiment fait partie de la culture. Mais il est trop tard, la construction est terminée.

Ma cousine est heureusement plus biodégradable que le sac de plastique accroché à l'arbre dans la ruelle, mais cela n'est pas une raison pour la laisser se décomposer à l'air libre. Chaque jour, de grands trous sont creusés dans les cimetières pour n'y accueillir qu'un seul pauvre petit corps. Pourquoi ma cousine n'irait-elle pas tenir compagnie à quelqu'un? Peut-être pourrai-je même l'y saupoudrer... Ai-je déjà mentionné qu'à cause de son travail, mon amoureux a les clefs d'un crématorium en sa possession?

Entre deux cauchemars, je sais que je choisirai la meilleure solution, celle que même Hercule Poirot et ses petites cellules grises ne pourraient deviner.

* * *

Stupéfiant

La thèse du suicide est brièvement évoquée, puis celle de l'enlèvement, abandonnée faute de rançon. Des policiers interrogent tous ceux qui étaient présents au mariage de ma cousine. Je m'en tire sans le moindre mal. Nul besoin de pointer quelqu'un d'autre du doigt ou de détourner l'attention. Comme d'habitude, on me sous-estime et on ne s'occupe pas de moi.

Grâce à ses « amis », les policiers apprennent que ma cousine consommait certaines drogues. C'est sur cette piste, erronée, riche et sans fin que s'engagent les forces de l'ordre, s'éloignant de moi encore un peu plus chaque jour.

Sa biographie est rééditée. On y a ajouté un chapitre sur sa disparition. Là aussi, le milieu de la drogue est au banc des accusés. On pourrait penser que ma cousine cueillait ses petites doses directement dans les poches d'un caïd.

Mon père est scandalisé, voire blessé. Comment celle qui avait tout a-t-elle pu inhaler et *sniffer* ce que le bon Dieu et le conglomérat lui avaient donné ? Il n'est plus aussi fier qu'il l'était. Toute la famille a cessé de se vanter. Mon père a d'ailleurs repris ses bonnes vieilles habitudes et ne me téléphone presque plus. Il n'a plus de sainte à qui me comparer.

*   *   *

Film d'horreur

En entendant la sonnerie du téléphone, je ne ressens aucune tension. Je sais qu'il ne peut s'agir de mon géniteur.

— ... Serait-il possible de vous poser quelques questions au sujet de votre cousine ?

Ça y est ! Je n'ai jamais véritablement eu peur d'un interrogatoire de la police, mais répondre au questionnaire d'un réalisateur qui a pour mission de transposer la vie de ma cousine sur pellicule m'inquiète. Je lui lance le même os qu'aux journalistes:

— Vous savez, on habitait loin l'une de l'autre et on ne se voyait presque jamais.

Il insiste poliment, précisant qu'il n'empruntera pas le même chemin que le biographe. Le jeune et sympathique réalisateur me donne l'impression que ce long métrage n'aura pour but que de financer son projet suivant : son premier film d'auteur. L'ayant averti qu'il ne pourra tirer de moi que de banals souvenirs d'enfance, j'accepte de prendre rendez-vous avec lui.

* * *

Deux sucres

— Oh!... Euh, bonjour! Je vous ai vue au théâtre l'an dernier et je vous ai trouvée excellente.

Il m'a vue au théâtre l'an dernier et il m'a trouvée excellente! Ça commence bien! Notre rencontre dans un café de mon quartier dure plus d'une heure. Lorsque son épouse passe le chercher, nous n'avons même pas encore effleuré le sujet de ma cousine. La conversation se poursuit à trois. Son épouse aussi m'a vue au théâtre l'an dernier et, elle aussi, m'a trouvée excellente!

Après quelques tasses de café équitable et de thé vert, je sais que j'ai devant moi deux nouveaux amis. Avant de nous séparer, je leur raconte en trois minutes tout ce que je sais de l'enfance sans histoire de ma cousine. Nous nous laissons en promettant de nous revoir bientôt.

Les réalisateurs devraient toujours être accompagnés de leur femme. Je serais ainsi certaine qu'ils ne tentent pas de me séduire.

* * *

Cousine en liquidation

Il y a longtemps que les clones cartonnés de ma cousine ont disparu des pharmacies. C'est maintenant sa biographie qu'on y retrouve, dans de gros bacs remplis de livres en liquidation. Mais la vie de ma cousine, même au prix dérisoire de cinq dollars, intéresse de moins en moins de gens. Ma cousine est bel et bien morte. Mon téléphone sonne:

— Les producteurs ont décidé qu'il n'y aurait pas de film au sujet de ta cousine. Mais j'ai un autre projet dont j'aimerais te parler...

Une de mes mines a explosé au visage de quelqu'un d'influent! Mon nouvel ami, le jeune réalisateur, me propose un beau scénario. Il a reçu le financement nécessaire pour réaliser son film à lui. Et c'est moi qu'il a imaginée dans le rôle principal. Je ne serai pas la copine de..., la mère de..., la fille de... ou la sœur de... Je serai enfin le «de»!

Cet appel ne provenait pas de mon père. Mais j'avais quand même au bout du fil quelqu'un qui allait me mettre au monde.

... Et le maudit sac de plastique s'est enfin détaché de l'arbre dans la ruelle.

* * *

395 jours post-Cousinocratie

J'ai raté le service funèbre commémoratif de ma cousine. Même sans corps, on lui a fait une petite cérémonie. J'ai toujours dit qu'en cette occasion, j'aurais de la difficulté à pondre deux phrases à son sujet... À bien y penser, je crois que j'aurais pu en cracher trois : elle ne valait rien, elle n'était personne, je nous ai à tous rendu service.

Cet ouvrage a été composé en Times corps 12/14
et achevé d'imprimer au Canada en février 2005
sur les presses de Quebecor World Lebonfon, Val-d'Or.